T0002003

Contemporánea

Adolfo Bioy Casares nació en Buenos Aires el 15 de septiembre de 1914. Desde niño se interesó por la literatura, que descubrió en la biblioteca familiar donde abundaban los libros de autores argentinos y extranjeros, en especial ingleses y franceses. Publicó algunas obras en su primera juventud, pero su madurez literaria se inició con la novela *La invención de Morel* (1940), a la que siguieron otras como *Plan de evasión* (1945), *El sueño de los héroes* (1954), *Diario de la guerra del cerdo* (1969), *Dormir al sol* (1973) y *La aventura de un fotógrafo en La Plata* (1985), así como numerosos libros de cuentos, entre los que destacan *La trama celeste* (1948), *Historia prodigiosa* (1956), *El lado de la sombra* (1962), *El héroe de las mujeres* (1978) e *Historias desaforadas* (1986). Publicó asimismo ensayos, como *La otra aventura* (1968), y sus *Memorias* (1994). En colaboración con Silvina Ocampo, su esposa, escribió la novela *Los que aman, odian* (1946), y con Jorge Luis Borges varios volúmenes de cuentos bajo el seudónimo H. Bustos Domecq. Los tres compilaron la influyente *Antología de la literatura fantástica* (1940). Maestro de este género, de la novela breve y del cuento clásico, fue distinguido con el Premio Cervantes de literatura en 1990. Murió en su ciudad natal el 8 de marzo de 1999.

Adolfo Bioy Casares

Diario de la guerra del cerdo

DEBOLS!LLO

Papel certificado por el Forest Stewardship Council®

MIXTO
Papel procedente de
fuentes responsables
FSC® C117695
www.fsc.org
FSC

Penguin
Random House
Grupo Editorial

Primera edición: noviembre de 2022

© 1969, Adolfo Bioy Casares
© 2022, Herederos de Adolfo Bioy Casares
© 2022, Penguin Random House Grupo Editorial, S.A.U.
Travessera de Gràcia, 47-49. 08021 Barcelona
Diseño de la cubierta: Penguin Random House Grupo Editorial / Raquel Cané
Imagen de la cubierta: © Archivo Horacio Cóppola / Cortesía Galería Jorge Mara - La Ruche
Fotografía del autor: © Alicia D´Amico

Printed in Spain – Impreso en España

ISBN: 978-84-663-6029-6
Depósito legal: B-16.672-2022

Impreso en Novoprint
Sant Andreu de la Barca (Barcelona)

P 360296

I

Lunes, 23 - miércoles, 25 de junio

Isidoro Vidal, conocido en el barrio como don Isidro, desde el último lunes prácticamente no salía de la pieza ni se dejaba ver. Sin duda más de un inquilino y sobre todo las chicas del taller de costura de la sala del frente, de vez en cuando lo sorprendían fuera de su refugio. Las distancias, dentro del populoso caserón, eran considerables y, para llegar al baño, había que atravesar dos patios. Confinado a su cuarto, y al contiguo de su hijo Isidorito, quedó por entonces desvinculado del mundo. El muchacho, alegando sueño atrasado porque trabajaba de celador en la escuela nocturna de la calle Las Heras, solía extraviar el diario que su padre esperaba con ansiedad y persistentemente olvidaba la promesa de llevar el aparato de radio a casa del electricista. Privado de ese vetusto artefacto, Vidal echaba de menos las cotidianas «charlas de fogón» de un tal Farrell, a quien la opinión señalaba como secreto jefe de los Jóvenes Turcos, movimiento que brilló como una estrella fugaz en nuestra larga noche política. Ante los amigos, que abominaban de Farrell, lo defendía, siquiera con tibieza; deploraba, es verdad, los argumentos del caudillo, más enconados que razonables; condenaba sus calumnias y sus embustes, pero no ocultaba la admiración por sus dotes de orador, por la cálida tonalidad de esa voz tan nuestra y, declarándose objetivo, reconocía en él y en todos los demagogos el mérito de conferir conciencia de la propia dignidad a millones de parias.

Responsable de aquel retiro —demasiado prolongado para no ser peligroso— fueron un vago dolor de muelas y la costumbre de llevarse una mano a la boca. Una tarde, cuando volvía del fondo, sorpresivamente oyó la pregunta:

—¿Qué le pasa?

Apartó la mano y miró perplejo a su vecino Bogliolo. En efecto, éste lo había saludado. Vidal contestó solícitamente:

—Nada, señor.

—¿Cómo nada? —protestó Bogliolo que, bien observado, tenía algo extraño en la expresión—. ¿Por qué se lleva la mano a la boca?

—Una muela. Me duele. No es nada —respondió sonriendo.

Vidal era más bien pequeño, delgado, con pelo que empezaba a ralear y una mirada triste, que se volvía dulce cuando sonreía. El matón sacó del bolsillo una libretita, escribió un nombre y una dirección, arrancó la hoja y se la entregó, mientras comunicaba:

—Un dentista. Vaya hoy mismo. Lo va a dejar como nuevo.

Vidal acudió al consultorio esa tarde. Restregándose las manos, el dentista le explicó que a cierta edad las encías, como si fueran de barro, se ablandan por dentro y que felizmente ahora la ciencia dispone de un remedio práctico: la extirpación de toda la dentadura y su reemplazo por otra más apropiada. Tras mencionar una suma global, procedió el hombre a la paciente carnicería; por fin, sobre carne tumefacta, asentó muelas y dientes y dijo:

—Puede cerrar la boca.

Se oponían a ello el dolor, los cuerpos extraños y aun la desazón moral que le infundía la confrontación con el espejo. Al otro día Vidal despertó con malestar y fiebre. Su hijo le aconsejó que visitara al dentista; pero él ya no quería saber nada con ese individuo. Quedó echado en la cama, enfermo y apesadumbrado, sin atreverse en las primeras veinte horas a tomar un mate. La debilidad ahondó la pesadumbre; la fiebre le daba pretextos para seguir en el cuarto y no dejarse ver.

El miércoles 25 de junio resolvió concluir con tal situación. Iría al café, a jugar el habitual partidito de truco. Se dijo que la noche era el mejor momento para abordar a los amigos.

Cuando entró en el café, Jimi (Jaime Newman, un hijo de irlandeses que no sabía una palabra de inglés; alto, rubio, rosado, de sesenta y tres años) lo saludó con el comentario:

—Te envidio el comedor.

Vidal fraternizó un rato con el pobre Néstor Labarthe, que había pasado, según se aclaró entonces, por la misma cruz. Néstor, subiendo y bajando un arco dental apenas grisáceo, articuló estas misteriosas palabras:

—Te prevengo sobre alguna consecuencia que más vale no hablar.

Los muchachos armaron, como todas las noches, la mesa de truco, en ese café de Canning, frente a la plaza Las Heras. El término *muchachos*, empleado por ellos, no supone un complicado y subconsciente propósito de pasar por jóvenes, como asegura Isidorito, el hijo de Vidal, sino que obedece a la casualidad de que alguna vez lo fueron y que entonces justificadamente se designaban de ese modo. Isidorito, que no opina sin consultar a una doctora, sacude la cabeza, prefiere no discutir, como si su padre se debatiera en su propia argumentación especiosa. En cuanto a no discutir, Vidal le da la razón. Hablando nadie se entiende. Nos entendemos a favor o en contra, como manadas de perros que atacan o repelen un circunstancial enemigo. Por ejemplo, todos ellos —Vidal se cuidaba de decir *los muchachos*, cuando se acordaba— en la mesa de truco mataban el tiempo, lo pasaban bien, no porque se entendieran o congeniaran particularmente, sino por obra y gracia de la costumbre. Estaban acostumbrados a la hora, al lugar, al fernet, a los naipes, a las caras, al paño y al color de la ropa, de manera que todo sobresalto quedaba eliminado para el grupo. ¿Una prueba? Si Néstor —en chanza los amigos pronunciaban *Nestór*, con erre a la francesa— empezaba a decir que había olvidado algo, Jimi, a quien por lo animado y ocurrente llamaban *el Bastonero*, concluía la frase con las palabras:

—Por un completo.

Y Dante Révora machacaba:

—¿Así que te olvidaste por un completo?

Era inútil que Néstor, con esa cara que mantenía la rubicundez de la juventud, con los ojitos redondos, de pollo, y con la permanente expresión de hablar en serio, asegurara que se trataba de un error cometido en su increíble infancia, que se le quedó, ¿cómo decir?, fijado… No lo escuchaban. Menos lo escuchaban cuando sacaba el ejemplo de Dante, que insistía en pronunciar *ermelado* por *enmelado*, sin que nadie le negara el respeto que merece una persona culta.

Como la noche del 25 asumirá en el recuerdo aspectos de sueño y aun de pesadilla, conviene señalar pormenores concretos. El primero que me viene a la mente es que Vidal perdió todos los partidos. La circunstancia no debe asombrar, ya que en el bando contrario jugaban Jimi, que ignoraba el escrúpulo y era la astucia personificada (a veces Vidal le preguntaba, en broma, si no había vendido el alma, como Fausto), y Lucio Arévalo, que había ganado más de un campeonato de truco en La Paloma de la calle Santa Fe, y Leandro Rey, apodado el Ponderoso. A este último, un panadero, hay que distinguirlo entre los muchachos por no ser jubilado y por ser español. Aunque sus tres hijas —la ambición las perdía— lo mortificaban para que se retirara y fuera por las tardes a tomar sol con los amigos a la plaza Las Heras, el viejo se mantenía al pie de la caja registradora. Hombre frío, egoísta, apegado a su dinero, peligroso en los negocios y en la mesa de truco, Rey irritaba a los otros por un defecto venial: en trance de comer, aunque fuera el queso y el maní traídos con el fernet, sin disimulo se entregaba a la impaciencia de la gula. Vidal decía: «Entonces la aversión me ofusca y le deseo la muerte». Arévalo, un ex periodista que durante algún tiempo redactó crónicas de teatro para una agencia que trabajaba con diarios del interior, era el más leído. Si no descollaba por hablador ni por brillante, manejaba ocasionalmente un tipo de ironía criolla, modesta y oportuna, que hacía olvidar su fealdad. Empeoraba esta fealdad una desidia en auge con los años. Barba mal rasurada, anteojos empañados, pucho adherido al labio inferior, saliva nicotínica en las comisuras, caspa en el poncho, completaban la catadura de este sujeto asmático y sufrido. Compañeros de Vidal en aquel partido fueron Néstor, cuyas travesuras propendían a la inocencia, y Dante, un anciano que nunca se distinguió por la rapidez y que ahora, con la sordera

y la miopía, vivía retirado en su caparazón de carne y hueso.

Para que su imagen reviva en la memoria, se-
ñalo otro aspecto de esa noche: el frío. Hacía tanto frío que a toda la concurrencia del café se le
ocurría la misma idea de soplarse las palmas de las
manos. Como Vidal no se convencía de que no
hubiera allí algo abierto, de vez en cuando miraba
en derredor. Dante, que si perdía se enojaba (su
devoción por el equipo de fútbol de Excursionistas, inexplicablemente no le había servido para
encarar con filosofía las derrotas), lo reprendió
por desatender el juego. Apuntando a Vidal con
el índice, Jimi exclamó:

—El viejito trabaja para nosotros.

Vidal consideraba el húmedo hocico en punta, el bigote que tal vez en razón de la temperatura invernal se le antojaba nevado, y no podía menos que admirar el desparpajo de su amigo.

—A mí el frío me asienta —declaró Néstor—. De modo, señores, que prepárense para el
chubasco.

Triunfalmente puso una carta sobre la mesa.
Arévalo recitó:

> *Y si la plata se acaba*
> *Por eso no me caduco:*
> *Si esta noche pierdo al truco*
> *Mañana gano a la taba.*

—Quiero —respondió Néstor.

—Al que quiere se le da —dijo Arévalo y dejó caer una carta superior.

Entró el diarero don Manuel, bebió en el mostrador su vaso de vino tinto, se fue y, como siempre, dejó la puerta entreabierta. Ágil para evitar corrientes de aire, Vidal se levantó, la cerró. De regreso, al promediar el salón, por poco tropezó con una mujer vieja, flaca, estrafalaria, una viviente prueba de lo que dice Jimi: «¡La imaginación de la vejez para inventar fealdades!». Vidal dio vuelta la cara y murmuró:

—Vieja maldita.

En una primera consideración de los hechos, para justificar el exabrupto, Vidal atribuyó a la señora el chiflón que por poco le afecta los bronquios y entre sí comentó que las mujeres no se comiden a cerrar las puertas porque se creen, todas ellas, reinas. Luego recapacitó que en esa imputación era injusto, porque la responsabilidad de la abertura recaía sobre el pobre diarero. A la vieja sólo podía enrostrarle su vejez. Quedaba, sin embargo, otra alternativa: soltarle, con apenas disimulado furor, la pregunta de ¿qué buscaba, a esa hora, en el café? Demasiado pronto hubiera obtenido respuesta, porque la mujer se metió por la puerta rotulada *Señoras*, de donde nadie la vio salir.

Permanecieron todavía otros veinte minutos. Para congraciar la suerte, Vidal agotó los recursos más acreditados: esperó con fidelidad, aguantó con resignación. Tampoco era cosa de mostrarse terco. El jugador inteligente asegura que la suerte prefiere que la sigan, no apoya a quien se le opone. Si no había cartas, con semejantes compañeros, ¿cómo ganar? Tras la quinta derrota, Vidal anunció:

—Señores, ha sonado la hora de levantar campamento.

Sumaron y dividieron, pagó Dante deudas y adición, los compañeros le reembolsaron su parte, bajo protesta. No bien Dante deslizó la propina, todos los otros alzaron la algarabía de siempre.

—Yo voy a decir que a éste no lo conozco —informó Arévalo.

—No podés dejar eso —protestó Jimi.

Le reprochaban, en tono de broma, la avaricia.

Departiendo animadamente pasaron a la intemperie. El frío por un instante los enmudeció. Una vaporosa niebla se difundía en llovizna y envolvía en un halo blanco los faroles. Alguien aventuró:

—Esta humedad va a podrir los huesos.

Rey, con empaque, observó:

—Desde ya promueve carrasperas.

En efecto, varios habían tosido. Se encaminaron por Cabello, rumbo a Paunero y Bulnes. Néstor comentó:

—¡Qué noche!

En su apagado tono irónico apuntó Arévalo:

—A lo mejor llueve.

Dante los hizo reír:

—¿Qué me cuentan si después refresca?

Jimi, el Bastonero, resumió:

—Brrr.

La vida social es el mejor báculo para avanzar por la edad y los achaques. Lo diré con una frase que ellos mismos emplearon: a pesar de las rigurosas condiciones atmosféricas, el grupo se manifestaba entonado. Entre burlas y veras, mantenían un festivo diálogo de sordos. Los ganadores hablaban del truco y los otros rápidamente respondían con observaciones relativas al tiempo. Arévalo, que tenía el don de ver de afuera cualquier situación, incluso aquellas en que él participaba, acotó como si hablara solo:

—Un entretenimiento de muchachos. Nunca dejamos de serlo. ¿Por qué los jóvenes de ahora no lo entienden?

Iban tan absortos en ese entretenimiento, que al principio no advirtieron el clamor que venía del pasaje El Lazo. La gritería de pronto los alarmó y entonces notaron que un grupo de gente miraba, expectante, hacia el pasaje.

—Están matando un perro —sostuvo Dante.

—Cuidado —previno Vidal—. ¿No estará rabioso?

—Han de ser ratas —opinó Rey.

Perros, ratas y una enormidad de gatos merodeaban por el lugar, porque allí los feriantes del mercadito, que forma esquina, vuelcan los desperdicios. Como la curiosidad es más fuerte que el miedo, los amigos avanzaron unos metros. Oyeron, primero en conjunto y luego distintamente, injurias, golpes, ayes, ruidos de hierros y chapas, el jadeo de una respiración. De la penumbra surgían a la claridad blancuzca saltarines y ululantes muchachones armados de palos y hierros, que descargaban un castigo frenético sobre un bulto yacente en medio de los tachos y montones de basura. Vidal entrevió caras furiosas, notablemente jóvenes, como enajenadas por el alcohol de la arrogancia. Arévalo dijo por lo bajo:

—El bulto ese es el diarero don Manuel.

Vidal pudo ver que el pobre viejo estaba de rodillas, el tronco inclinado hacia adelante, protegida con las manos ensangrentadas la destrozada cabeza, que todavía procuraba introducir en un tacho de residuos.

—Hay que hacer algo —exclamó Vidal en un grito sin voz— antes que lo maten.

—Callate —ordenó Jimi—. No llamés la atención.

Envalentonado porque sus amigos lo retenían, Vidal insistió:

—Intervengamos. Van a matarlo.

Arévalo observó flemáticamente:

—Está muerto.

—¿Por qué? —preguntó Vidal, un poco enajenado.

En su oído, Jimi murmuró fraternalmente:

—Calladito.

Jimi debió de alejarse del lugar. Mientras lo buscaba, Vidal descubrió una pareja que miraba con desaprobación esa matanza. El muchacho, de anteojos, llevaba libros debajo del brazo; ella parecía una chica decente. En procura del apoyo moral que tantas veces encontró en los desconocidos de la calle, Vidal comentó:

—¡Qué ensañamiento!

Ella abrió la cartera, sacó unos anteojos redondos y, sin apuro, se los puso. Ambos volvieron hacia Vidal sus caras con anteojos y lo miraron, impávidos. Con dicción demasiado clara la muchacha afirmó:

—Yo soy contraria a toda violencia.

Sin detenerse a considerar la frialdad de tales palabras, Vidal intentó congraciarlos:

—Nosotros no podemos hacer nada, pero la policía, ¿para qué está?

—Abuelo, no es hora de andar ventilándose —el muchacho le advirtió en un tono casi cordial—. ¿Por qué no se va antes que le pase algo?

Ese mote injustificado —Isidorito no tenía hijos y él estaba seguro de parecer, a pesar de la incipiente calvicie, más joven que sus contemporáneos— tal vez lo cegó, porque interpretó la frase como un rechazo. Trató de reunirse con el grupo, pero no lo encontró. Se alejó por fin. Estaba un poco desorientado, sin los muchachos para conversar, para compartir el disgusto.

Llegó a su casa, que viene a quedar frente al

taller del tapicero de autos, en la calle Paunero. El cuarto le pareció inhospitalario. Últimamente sentía una invencible propensión a la tristeza, que modificaba el aspecto de las cosas más habituales. De noche veía los objetos de su cuarto como testigos impasibles y hostiles. Trató de no hacer ruido: en la pieza contigua dormía su hijo, que se acostaba tarde porque trabajaba en la escuela nocturna. No bien se cubrió con la manta, preguntó alarmado si no pasaría la noche en vela. Ninguna posición le convenía. Porque pensaba, se movía; digan después que el pensamiento no afecta la materia. Los hechos que vieron sus ojos, ahora se le presentaban con una vividez intolerable, y se movía en la esperanza de que la visión y el recuerdo cesaran. Al rato se le ocurrió, tal vez para cambiar de tema, ir al baño; nada más que para estar seguro y dormirse tranquilo. La travesía de los dos patios, en noches de invierno, lo arredraba; pero no permitiría que una duda sobre la utilidad de ese viaje lo dejara sin dormir.

En medio de la noche, cuando se encontraba en la inhóspita dependencia del fondo —fría, oscura, maloliente— solía deprimirse. Motivos para ello nunca faltan, pero ¿por qué precisamente incidían a esa hora y en ese lugar? Para olvidar al diarero y a sus matadores recordó una época, hoy increíble, en que la aventura misma no se descartaba... La culminación llegó la tarde en que sin saber cómo se encontró en los brazos de una chica llamada Nélida, hija de una cocinera, la señora Carmen, que trabajaba en casas de familia del barrio norte. Nélida vivía con su madre en la segunda sala del frente, donde ahora funcionaba el taller de costura. Por una simple casualidad el recuerdo del fin de ese amorío coincidía con otro, para Vidal desgarrador (no sabía muy bien por qué) y repugnante, de un anciano excitado y borracho que perseguía con un largo cuchillo desenvainado a la señora Carmen. De Nélida guardaba, en un baúl, donde tenía cosas viejas y reliquias de sus padres, una fotografía que les tomaron en el Rosedal y una cinta de seda, descolorida. Los tiempos habían cambiado. Si antes se encontraba en el fondo con una mujer, ambos reían; ahora pedía disculpas y rápidamente se alejaba, para que no pensaran que era un degenerado o algo peor. Acaso tal deterioro de su posición en la sociedad lo volvía nostálgico. El hecho era que de meses, tal vez años, a esta parte, se había dado al vicio de los recuerdos; como otros vicios, primero entretenía y a la larga lesionaba y perjudicaba. Se dijo que al día siguiente estaría muy cansado y apresuró la vuelta a la pieza. Ya en cama, formuló con relativa lucidez (pésimo síntoma para el desvelado) la observación: «He llegado a un momento de la vida en que el cansancio no sirve para dormir y el sueño no sirve para descansar». Revolviéndose en el colchón, recordó nuevamente el crimen que había presenciado y quizá para sobreponerse al desagrado que le infundía el cadáver que primero había visto y ahora imaginaba, se preguntó si el muerto realmente sería el diarero. Lo acometió una vivísima esperanza, como si la suerte del pobre diarero fuera esencial para él; se vio tentado de figurárselo por las calles, corriendo y pregonando, pero se resistía a esas imaginaciones por temor a la desilusión. Recordó la frase de la muchacha de anteojos: «Yo soy contraria a toda violencia». ¡Cuántas veces había oído esa frase como si no significara nada! Ahora, en el mismo instante en que se decía «Qué chica pretenciosa», por primera vez la entendió. Entrevió entonces una teoría sobre la violencia, bastante atinada, que lamentablemente olvidó luego. Recapacitó que en noches como ésa, en que daría cualquier cosa por dormir, involuntariamente pensaba con la brillantez de un suelto del diario. Cuando los pájaros cantaron y en las hendijas apareció la luz de la mañana, se apesadumbró de veras, porque había perdido la noche. En ese momento se durmió.

II

Jueves, 26 de junio

La impaciencia por acudir al velorio lo despertó. Últimamente se impacientaba con facilidad.

En el calentador a querosén preparó unos mates, que despachó a la disparada, con dos o tres mordiscos de pan de la víspera. Su desayuno estaba perfectamente calculado; no se permitía un exceso en los mates o en el pan, sin que empezara ese ardor que lo asustaba un poco. Se lavó los pies, las manos, la cara, el cuello. Se peinó con agua de violetas y brillantina. No bien se vistió, se presentó en el taller de las chicas y preguntó si podía usar el teléfono. La dentadura se había convertido en manía. Hubiera jurado que las chicas lo miraban y comentaban, como si fuera un monstruo o tal vez el primer hombre con dientes nuevos. Una circunstancia lo extrañó: aunque estaba prevenido, no sorprendió una sola sonrisa, ni nada que sugiriera la burla. Vio caras graves, preocupadas, asombradas, quizá temerosas y aun coléricas. Todo esto le pareció inexplicable.

Llamó a casa de Jimi, pero no obtuvo comunicación. En casa de Rey una de las hijas le advirtió que el padre había salido y le aconsejó que no molestara. Mientras tanto, una de las chicas del taller, una trigueña de piel blanca, llamada Nélida, que le recordaba, siquiera por el nombre, a la Nélida de otros tiempos, lo miraba con alguna obstinación, como si quisiera decirle algo. Si realmente quería hablarle, la muchacha encontraría oportunidades, pues vivía en el inquilinato (en las piezas de su amiga Antonia y de la madre de ésta, doña Dalmacia). A Vidal siempre le molestaba que lo miraran cuando hablaba por teléfono. Se perturbaba como si lo distrajeran en medio de una prueba difícil; más molesto aún resultaba que lo miraran cuando su parte en la conversación era deslucida. ¿Una puerilidad? A veces Vidal se preguntaba qué aprendemos a lo largo de los años, ¿a resignarnos a nuestras deficiencias? De soslayo miró los ojos que lo observaban, la piel cercana, la tricota con la forma del pecho, y se dijo que para un admirador de la belleza no había nada como la juventud. Imprevistamente angustiado pensó también que las chicas de esa edad son capaces de cualquier locura, pero que él, plantado ahí, con aire de no entender nada, pasaría por tonto. Dejó en la repisa el importe de las comunicaciones y se retiró para no abusar del teléfono.

Iría al restaurant y hablaría con toda comodidad por el teléfono público. Además compraría el diario, para ver si ya pagaban, como dijeron Faber y otros, la jubilación de mayo. Antes de salir se fijó si no rondaba el encargado, un gallego acriollado y anarquista, que defendía celosamente los intereses del propietario. Por suerte tampoco estaba en el zaguán el señor Bogliolo, que por un sordo aborrecimiento al género humano, honorariamente oficiaba de policía del gallego. Hasta alrededor del 20, en que solía cobrar la jubilación y pagar el alquiler, todos los meses Vidal evitaba con el mayor cuidado a esos dos individuos.

Encontraba agrado en caminar por el barrio en un día de sol, en «desentumir» las tabas, como decía Jimi. La mañana se presentaba limpia y, de acuerdo con las previsiones de los muchachos, el frío no había disminuido. En cuanto asomó a la calle advirtió que el taller del tapicero estaba cerrado. Sin amargura comentó:

—Todavía no es mediodía y ya bajaron la cortina. La gente de hoy no quiere trabajar. Qué vidurria.

Notó que nunca le faltaba el pretexto para hablar solo y ensayar una sentencia de moralista.

El teléfono del restaurant exhibía, como de costumbre, el letrerito *No funciona*. Mientras caminaba por Las Heras, en dirección a la plaza, en voz alta se preguntó qué tenía esa mañana la ciudad, porque parecía más linda y más alegre. La verdad es que algunos transeúntes lo miraban con insistencia, de manera para él incómoda. Consideró extraño que un arco dental llamara tanto la atención, y arguyó: «Al fin y al cabo va dentro de una boca cerrada, o poco menos». ¿Su dentadura y las miradas que provocaba eran la causa de la angustia que sentía en el pecho? No, había que buscarla, tal vez, en los atractivos de esa muchacha, que a lo mejor se ofreció, y en su retirada, rápida como una fuga. Inexplicablemente su timidez había aumentado con los años; como si no creyera en sí mismo, por si acaso estaba siempre retirándose. ¿O la verdadera causa de la angustia se ocultaba en la jubilación impaga, en las preocupaciones de dinero, ahora primordiales?

Tras un cordial saludo, en que volcó una afabilidad llana, pero generosa, preguntó al diarero de Salguero y Las Heras:

—¿Dónde velan a don Manuel?

—Todavía no salió de la morgue —repuso el hombre en un tono que Vidal se atrevió a calificar de neutro.

—El fin de semana —explicó, guiñando un ojo—. Apostaría que el médico forense aprovecha el fin de semana y no quiere que le hablen de cadáveres.

Intuyó de improviso que su locuacidad, o quién sabe qué en su persona, molestaba al individuo. La sola presunción lo ofendió. ¿No era el muerto un diarero, un colega de este joven ingratamente hosco? La exquisita deferencia que él manifestaba, tanto más valiosa por provenir de alguien ajeno al gremio, ¿merecía el desdén? Opinó que no era necesario criar cuervos para cosecharlos. La fe en la esencial camaradería de los hombres lo movió a dar otra oportunidad:

—¿Lo velan en Gallo?

—Usted lo dice.

—¿Usted va? —insistió.

—¿A santo de qué?

—Y… yo pienso ir.

Tal vez porque una chiquilina pidió una revista, el muchachón le volvió la espalda. Vidal pensó que para no humillarse del todo no le compraría el diario. Ya se alejaba, deprimido, cuando oyó una frase que lo desorientó:

—Los que provocan, no se quejen.

Consideró la posibilidad de pedir explicaciones, pero recordó la espalda ancha, los músculos ajustados por el saquito gris, y admitió que algunas mañanas despertaba con dolor de cintura, como si el esqueleto se encontrara trabado y hasta enclenque. La aceptación de las propias limitaciones eventualmente es una sabiduría triste.

Cruzó la plaza en diagonal, no sin detenerse frente al monumento, para leer la inscripción. La sabía de memoria, pero cuando pasaba por ahí la leía. En una corazonada se dijo que este país, en la época de sus guerras, no debió de ser inamistoso.

Desde el teléfono público del café, trató en vano de comunicarse con los amigos. En casa de Arévalo no contestaban. La vecina de Néstor, que por lo general accedía a llamarlo (si le preguntaban sin apuro por la salud y por la familia), murmurando improperios cortó la comunicación. Siempre interesado en la meteorología, Vidal observó que si bien la temperatura estaba en ascenso, la gente seguía destemplada. En un nuevo intento de comunicarse con Jimi, empleó la última moneda. Se felicitó de que no contestara su llamado la sirvienta, una muchacha primaria, que apenas hablaba y casi no oía. La sobrina, Eulalia, le explicó:

—A la tarde lo visitará en su casa. Traté de disuadirlo, señor, pero me dijo que iría.

Vidal todavía le daba las gracias por la amabilidad, cuando Eulalia cortó. Se dirigió a la panadería. Al enfrentar el pasaje El Lazo, los recuerdos de la pesadilla de la noche anterior lo entristecieron. Con alguna contrariedad notó que el pasaje había recuperado su aspecto habitual, que no quedaban rastros ni pruebas del suceso. Ni siquiera había allí un vigilante. Si no fuera por el tacho de basura, se figuraría que la muerte del diarero había sido una alucinación. Bien sabía Vidal que la vida siempre sigue, que nos deja atrás, pero se preguntó ¿por qué esta urgencia? En el mismo lugar en que horas antes un hombre de trabajo había caído asesinado, un grupo de chiquilines jugaba al fútbol. ¿Solamente él advertía la profanación? También lo ofendía la circunstancia de que esos mismos menores, mirándolo con una cara que parodiaba ingenuidad y comunicaba menosprecio, a un tiempo entonaran el cantito:

Viene llegando la primavera
que siembra flores en la vejez.

Vidal reflexionó que últimamente había hecho méritos para graduarse en ese coraje, desde luego pasivo o negativo, que nos permite desoír los escarnios.

Al pasar frente a una casa en demolición, miró un cuarto desprovisto de techo, pero todavía encuadrado en fragmentos de paredes y conjeturó:

«Debió de ser una sala». En la panadería le esperaba una sorpresa. Leandro Rey no ocupaba su puesto detrás de la caja registradora. Preguntó a una de las hijas del panadero:

—¿Le pasa algo a don Leandro?

Esta cortesía no cayó bien. En voz bastante alta, para lucirse quizá, en un tono sequito, moviendo sus labios oscuros, gruesos y húmedos, como si preparara un moño para regalo, la muchacha interpeló a Vidal:

—¿No ve que hay gente en la cola? Si no va a comprar, haga el favor de retirarse.

Enmudecido por el injusto maltrato, no encontró respuesta adecuada. Para salvar la dignidad, no le quedaba otro recurso que dar media vuelta y salir. Con increíble sangre fría, sin mover un músculo, esperó hasta recuperar el uso de la palabra; entonces, en medio de la expectativa general, articuló la enumeración:

—Seis felipes, cuatro medialunas y una tortita guaranga.

Risas contenidas festejaron esa tortita guaranga como si fuera una respuesta cargada de intención. No hubo tal cosa. Las propias hijas de don Leandro después admitirían que Vidal se limitó a repetir su pedido habitual. ¿Por qué no se alejó dignamente? Porque le gustaba el pan de la panadería de Leandro. Porque las otras no quedaban cerca. Porque no sabía qué explicación dar a su amigo, si mañana le preguntaba por qué no compraba en su casa. Porque últimamente se había aficionado a la fidelidad: era fiel a los amigos, a los lugares, a cada uno de los proveedores y a su local de venta, a los horarios, a las costumbres.

La gente afirma que muchas explicaciones convencen menos que una sola, pero la verdad es que para casi todo hay más de una razón. Diríase que siempre se encuentran ventajas para prescindir de la verdad.

III

Entró en su casa, para dejar el envoltorio. En el zaguán, pensativamente apoyado en el cepillo de piso, el encargado conversaba con Antonia, una de las muchachas del taller. Vidal, que no tuvo tiempo de retroceder antes de que lo viesen, al pasar oyó las palabras *Algunos, rudimento, vergüenza* y la frase completa:

—No pagan el alquiler, pero se dan el lujo en panaderías y restoranes.

Ya cerrada su puerta, se encontraba a salvo. El hombre lo importunaba sin encarnizarse. El más atrabiliario de los encargados de hoy en día era un ser benévolo en comparación con aquellos casi mitológicos de su juventud, de lo que él llamaba los buenos tiempos; entonces por una nimiedad lo echaban a usted a la calle. Además el gallego le había dicho la verdad: él y su hijo vivían de lo que éste ganaba (en el colegio y por unos corretajes en farmacias) y no se acordaban de pagar el alquiler hasta que el gobierno se acordaba de pagar la pensión. Vidal pensó que mantener la honestidad en la pobreza era más difícil de lo que la gente creía, y agregó: «Hoy más que ayer y con mucho menos lucimiento».

En su pieza pasó pronto del alivio a la ansiedad. Después de tantos días de ayuno estaba lánguido, necesitaba comida. ¿Hasta cuándo se prolongaría ese diálogo en el zaguán? Trató de pensar que a la pobreza no le faltaban ventajas. Por ejemplo, a él le imponía indignidades y travesuras propias de un muchacho y no le permitía el ingreso a la respetabilidad, tan parecida a la vejez («de un Rey, de un Dante o de un Néstor», se dijo).

Resonaron entonces golpes, el clamor de un tumulto, destemplados gritos del encargado y de otras personas. Porque recordó el episodio de la noche anterior, se estremeció. Pensó que el encargado estaba de mal humor y que por todos los medios él debía evitar un encuentro. Cuando volvió el silencio, volvió el hambre; pudo ésta más que la prudencia y lo empujó fuera de la pieza. Increíblemente el encargado no estaba en el zaguán. No había nadie. Llegó a la calle, dobló a la derecha, se dirigió al restaurant de la esquina. Almorzó admirablemente, comidas blandas, que no desplazan la dentadura. Expresó audiblemente la satisfacción:

—Por algo se reúne aquí el chofer de taxi, gente que viaja y conoce.

Al salir se cruzó con el señor Bogliolo, *alias* Botafogo. Vidal lo saludó. El matón miró para otro lado. Todavía cavilaba sobre el desaire, cuando atrajo su atención una visión tétrica y magnífica: frente al taller del tapicero, la hilera de carromatos negros de una cochería. Se acercó a una de las ventanas del taller. Adentro había grupos de gente. Preguntó:

—¿Qué pasa?

El individuo de negro, que estaba junto a la puerta, contestó:

—Ha fallecido el señor Huberman.

—Qué barbaridad —exclamó.

Aunque se le cerraban los ojos, postergó resueltamente la siesta y entró en el velorio. Algunos recuerdos —la fidelidad a los recuerdos le placía, como si éstos revistieran la dignidad de las tradiciones— lo vinculaban a la familia de Huberman. La idea de compartir con ellos unos momentos de tristeza lo confortaba.

Pobre tapicero, con la calva pecosa y las orejas en abanico. Una simple ironía en sus labios maravillaba a Vidal, que a lo mejor se decía, estupefacto: «Además de cortar el paño y cobrar el dinero, bromea. ¡Increíble!». También rubia y pecosa era Madelón, la hija de Huberman, de carácter festivo y de cara breve y agraciada. La cortejó hace años, no sin fortuna, pero luego Vidal se apartó, porque resultó una de esas muchachas que siempre están proponiendo salidas en grupo. Cuando quiso acordar ya alternaba con amigos y parientes, y esa gente extraña lo trataba como de la familia. No había riesgo, por lo menos él repetía la frase, pero el simulacro de noviazgo bastaba para mortificarlo. ¡La terquedad de las mujeres! Cuando en imaginación hablaba con ellas —y digan después que la transmisión del pensamiento es un hecho— les recomendaba que no forzaran la mano. Es claro que si no la forzaban también se iba. Porque se alejó demasiado pronto, quedó con una especie de nostalgia. Como ya se dijo, Madelón era rubia, pecosa, de ojos risueños, eminentemente joven y, aunque parezca mentira, linda. En estos últimos años la veía muy de tarde en tarde, transformada en mujerota desabrida, de esqueleto grande y cuerpo ordinario, con una cara de longitud fuera de lo común y nauseabundos lunares mezclados con las verrugas. Como si la memoria no retuviera dos imágenes distintas de una misma persona, la imagen actual de Madelón caía en el olvido y si aparecía en la realidad, lo sorprendía. Siempre volvía a creer que Madelón era la de antes; con distraerse un poco, se figuraba que esa chica debía de esconderse en alguna parte y que si él se esmeraba, sin duda acabaría por encontrarla.

Lo primero que divisó al entrar en la casa fue a Madelón en su apariencia de ahora, grande y ordinaria. Como no era rencorosa, no bien lo vio se le echó a llorar sobre un hombro. Vidal dijo:

—Te acompaño. ¿Qué pasó?

En el tono de quien repite una vez más la explicación, Madelón refirió:

—Regresaba el pobre en su automovilito por Las Heras, y al llegar a Pueyrredón…

—¿Cómo?

Vidal pensó que la mujer, a causa del velorio, hablaba en voz particularmente baja o que él estaba perdiendo el oído.

—Al llegar a Pueyrredón se encontró con la luz roja. Se disponía a obedecer la señal de luz verde, que ya había aparecido, cuando ocurrió el hecho.

Vidal preguntó de nuevo:

—¿Cómo?

Volvió la mujer a explicar y él a perder buena parte de las palabras. Pensó que hoy en día la gente no articulaba, hablaba con la boca cerrada, mirando para otro lado. Con algún empaque murmuró al vecino de la izquierda:

—Esta chica no «vocabuliza» debidamente.

—¿Qué chica?

Madelón se reanimó por un instante, para anunciar:

—Acaba de irse Huguito.

—¿Huguito? —repitió despistado.

—Huguito —insistió—. Huguito Bogliolo.

—¿Botafogo? Nos cruzamos y no me saludó.

—Qué raro. No te habrá visto.

—Me vio. Los otros días fue la amabilidad en persona.

—¿Cómo no te va a saludar?

—Fue amable para embromarme. A él lo embromaron primero y para vengarse me embromó a mí.

—¿Cómo lo embromaron?

—Como a mí. Con la dentadura. ¿No te fijaste?

Sonrió ampliamente. Presumía ante cualquier mujer, pero hacía excepciones.

Cuando el sueño le recrudecía en los ojos, entró el individuo de negro que antes montaba guardia en la entrada y hubo un movimiento en el salón. Con alarma Vidal comprendió que si Madelón le pedía que la acompañara al cementerio, perdería la siesta. Se alejó por un instante, como quien busca a otro para decirle algo. Llegado al umbral, venció la tentación de volver la mirada y se deslizó afuera. En seguida cruzó a su casa.

Era un día tan destemplado que la manta y el poncho sobre la cama resultaban insuficientes. Recurrió al sobretodo. Reflexionó que pasaba por una época de neurastenias inopinadas, ya que la visión de su cama semicubierta por el sobretodo marrón, con manchas y peladuras, lo deprimía.

Actualmente la siesta lo descansaba de manera notable. Vidal recordaba otros tiempos en que se había levantado malhumorado, fuera de caja. Ahora diríase que rejuvenecía por un rato, como después de afeitarse. En cambio esperaba la noche con temor, porque a las pocas horas despertaba

—una mala costumbre— y fatalmente se desvelaba con pensamientos tristes.

Durmió una media hora. Al poner a calentar el agua para el mate, meditó que una vida, por breve que sea, alcanza para dos o tres hombres; con relación al mate él fue un hombre que lo requería siempre amargo, después uno que no lo tomaba porque le caía mal y ahora se había convertido en un fiel devoto de los mates dulces. Se disponía a cebar el primer mate, cuando entró Jimi. Sin duda el frío le afilaba en forma de hocico de zorro la nariz y el bigote. Era fama que este individuo, en quien la inteligencia convivía con un instinto casi animal, solía llegar de visita cuando sus amigos empezaban a comer. Resueltamente aseguró Jimi con la mano derecha la tortita guaranga y con la izquierda cubrió las medialunas. Tras una leve irritación, Vidal se felicitó porque esa factura, comprada tal vez con el pueril afán de postergar la hora de la claudicación, determinaba toda suerte de trastornos en su aparato digestivo.

Tras chupar el primer mate, lo que siempre era cortesía y en ese momento precaución, Vidal preguntó a su amigo, mientras le cebaba:

—¿Dónde lo velan?

—¿A quién? —preguntó Jimi, como si no entendiera.

Más que desentendido se mostraba trabajoso, como algunos jugadores de truco. Sin perder la paciencia, Vidal aclaró:

—Al diarero.

—Un tema francamente alegre.

—Mirá cómo lo mataron. Hay un deber de solidaridad.

—Más vale pasar inadvertido.

—¿Y el deber de solidaridad?

—Eso viene después.

—¿Qué viene antes? —preguntó Vidal, un poco enojado.

—¿Qué viene antes? Tu manía de no faltar a velorios ni entierros. A cierta edad, la gente instala el club en la necrópolis.

—¿Querés que te diga una cosa? Me escapé de casa de Huberman para no ir al entierro.

—Eso no prueba nada. Tendrías ganas de echar una siesta.

Vidal se calló. Como de nada valía disimular ante Jimi, le dio una palmadita en el hombro y le dijo:

—¿Te confieso? Esta mañana me despertó la impaciencia por saber dónde era el velorio.

—La impaciencia es capítulo aparte —observó Jimi, implacablemente.

—¿Capítulo aparte?

—La impaciencia y la irritación nos acompañan siempre. Fijate, si no, en esta guerra.

—¿Qué guerra?

Como si él también se volviera sordo, continuó:

—A cierta edad…

—La frasecita me revienta —le previno Vidal.

—A mí también. Sin embargo, no niego que a cierta edad aflojamos el control.

—¿Qué control?

No hacía caso. Prosiguió:

—Como todo lo demás, afloja con el desgaste y uno ya no aguanta. ¿Una prueba? En cualquier parte, los primeros en llegar son los viejos.

—Increíble —admitió con admiración Vidal—. No soy viejo y paso por ese cuadro.

—En resumen, una mala combinación: impaciencia y reflejos lentos. No es milagro que no nos quieran.

—¿Quién no nos quiere?

En lugar de contestar, preguntó:

—¿Cómo te va con tu hijo?

—Perfectamente —respondió Vidal—. ¿Por qué?

—El que está mejor colocado es Néstor. Parecen hermanos con el hijo.

No bien oyó esta frase, Vidal emprendió una de sus teorías favoritas. Formulada la primera regla «Mantener la distancia, lo que impone un clima de juego limpio» (palabras que en la oportunidad no obtuvieron el apoyo a que estaba acostumbrado) halló un estímulo en el ejercicio de sus medios de intelecto y de exposición, afinados a lo largo de experiencias anteriores, y se alarmó por la entrevista posibilidad, pronto desechada, de haber ya expuesto a Jimi, con las mismas palabras, las mismas reflexiones. Consideró conmovido:

—Por la ley de las cosas, los padres nos vamos antes…

Descomedidamente Jimi lo interrumpió:

—¿A qué hora vuelve tu hijo?

—Ahora nomás —respondió, disimulando la mortificación.

—Yo también me voy antes, para que no me vea —contestó Jimi.

Esta frase lo sorprendió penosamente. Iba a protestar, pero se contuvo. Estaba seguro de que el afecto no lo cegaba: su hijo era un muchacho querible y generoso.

IV

Vidal cruzó los dos patios y llegó al fondo.

Mientras lavaba en una de las piletas, Nélida conversaba con Antonia y con el sobrino de Bogliolo. Antonia era una muchacha de escasa estatura, de pelo castaño, de cutis grueso, de brazos cortos; su voz, opaca y baja, correspondía a la de una persona que está despertándose. En el inquilinato era muy admirada. El sobrino de Bogliolo —alto, angosto, imberbe, de ojos redondos, con una camisa que trasparentaba la camiseta— estrechándola por la cintura exclamó:

—¡Esta Petisa!

Vidal se dijo: «No hay como la gente joven» y «Estos dos, probablemente, andan en algo».

—¿De qué hablaban? —preguntó.

—Váyase, váyase —dijo, riendo, Antonia.

—¿Me echan? —preguntó Vidal.

—No, cómo cree —aseguró Nélida.

Antonia insistió:

—Don Isidro no puede oír lo que estamos diciendo.

Vidal notó que los ojos de Nélida eran verdosos.

—¿Por qué? —protestó el sobrino—. El señor Vidal es un espíritu joven.

—Abierto —añadió Nélida.

Vidal admitió:

—Así lo espero…

Pensó que a él le había tocado vivir una época de transición. En su juventud las mujeres no hablaban con la libertad de ahora.

—No solamente joven de espíritu —dijo Nélida con algún énfasis—. El señor está en la flor de la edad.

—Lástima que me llame «señor» —observó Vidal.

—¿En qué año nació? —preguntó Antonia.

Vidal recordó entonces la visita de un par de señoritas que hicieron una encuesta en el inquilinato, para un instituto psicológico o sociológico. Pensó: «Lo único que falta es que ésta ahora saque libreta y lápiz». También: «Qué a gusto me siento con los jóvenes». Contestó en tono de broma:

—Eso no se pregunta.

—Le doy la razón —convino el sobrino de

Bogliolo—. No le haga caso a la Petisa. Le paso el dato: Faber no le contestó.

—No vas a comparar al señor con ese viejo —protestó Nélida con inesperado calor—. Apostaría que ese viejo ha llegado a los cincuenta.

Vidal pensó: «Yo lo pondría entre los sesenta y los setenta. Para estos chicos, a los cincuenta uno es viejo».

Como quien acomete, Nélida prosiguió:

—Si te descuidás, el señor es más joven que tu tío.

La conjetura no agradó al sobrino de Bogliolo: su rostro se ensombreció y por un instante perdió la trivialidad para mostrarse incuestionablemente avieso. Vidal reflexionó que ese afecto un poco pueril, por ese pariente un poco aborrecible, era meritorio. También se preguntó si él tendría coraje de entrar en el baño delante de esos muchachos. La vergüenza era tonta, porque al fin y al cabo… La calificó: Una vergüenza de chico. Secretamente el hombre es un chico disfrazado de persona grande. ¿Eran así todos los demás? ¿El mismo Leandro Rey era un chico? Sin duda, Leandro lo engañaba a él, como él engañaba a los otros.

V

La vida del tímido es engorrosa. No bien se encaminó a la pieza, comprendió que más ridícula que la imagen de un hombre que entra en el baño, era la del que se retira porque le faltó el coraje de entrar. ¿Había mayor vergüenza que dejar ver que uno tuvo vergüenza? Para peor, quizá el episodio no estuviera cerrado. Sobre un punto no cabían dudas: no demoraría mucho en volver al fondo. Sólo podía esperar que las chicas y el sobrino de Bogliolo se fueran pronto de allí. Estaba con la mano en el picaporte de la pieza, cuando lo sorprendió Bogliolo en persona, con la pregunta:

—¿Cómo le va, don Isidro?

Con ese individuo no sabía uno a qué atenerse. Tan confuso estaba Vidal que respondió:

—¿Cómo le va, don Botafogo?

Tenía la esperanza de que el matón no hubiera oído el mote, pronunciado (porque ya estaba en la boca) en un murmullo inconcluso.

Desde lo alto Bogliolo lo miró fijamente. Con extrema seriedad le dijo:

—Me tomo la libertad de darle un consejo. Le hablo como si fuera su padre. El gallego está juntando presión. Pague, señor, el alquiler, antes que el hombre haga una barbaridad. La gente es mala y anda diciendo que usted se da la gran vida en restoranes y no paga el techo que lo cobija. —Se iba; volvió para agregar: —No me pregunte cómo, pero hasta saben lo que ha gastado en la dentadura.

En la pieza encontró a su hijo ocupado en guardar algunos objetos en el ropero.

—¿Poniendo orden? —preguntó.

Siempre de espaldas, el muchacho emitió un sonido que Vidal tradujo por la palabra *sí*. Distraídamente vio cómo Isidorito guardaba el viejo chambergo, la chalina, la navaja, el asentador, la cajita de madera clara, con la inscripción *Recuerdo de Necochea*, donde por la noche ponía el reloj de bolsillo. De pronto advirtió:

—Che, todo eso es mío. Quiero tenerlo a mano.

—Está a mano —contestó Isidorito, cerrando el ropero.

—¿Estás loco? —preguntó el padre—. El chambergo, la chalina, no digo. Para mirar la hora, mañana por la mañana, va a ser muy cómodo tener el reloj ahí adentro.

—Esta noche nos reunimos aquí los de la Agrupación Juvenil de la Veintiuno.

Vidal creyó notar en el tono en que fueron pronunciadas las palabras un dejo de fastidio o de impaciencia.

—¡Qué bien! —exclamó con sinceridad—. Me alegro tanto que traigas a tus amigos. Además, no sé, me parece mucho mejor que te reúnas con la juventud de tu misma edad…

Se detuvo a tiempo, porque no quería mortificar a su hijo con reproches. En cuanto se descuidaba le echaba en cara esa doctora que lo había puesto tan pedante y agresivo. Como si hubiera intuido un ataque a la doctora, Isidorito contestó con aspereza:

—Por mí que no vinieran.

—Lo vieras a mi padre, cómo atendía a mis amigos. Dentro de la modestia de sus medios, no sé si me entendés. Hasta la obligaba a mamá, fritas ya las empanadas, a ponerse la mejor ropa.

—Qué manía de hablar de matusalenes.

—No te olvides que son tus abuelos.

—Ya sé que no somos gente de cuna. A toda hora me lo recordás.

Vidal lo miró con afectuosa curiosidad. Se dijo que en las personas más íntimas y próximas hay pensamientos que no sospechamos... Esta circunstancia, que él describía con las palabras «No somos transparentes», en un tiempo le había parecido una protección, la garantía de cada cual para ser libre; hoy lo apenaba como una prueba de soledad. Para llegar a su hijo y sacarlo del aislamiento en que lo veía, comentó:

—Lo que es yo, me felicito que vengan. Hace un rato pensaba que siempre estoy a gusto con los jóvenes.

—Nadie sabe por qué te sentís tan a gusto.

—¿Vos no te sentís a gusto con ellos?

—¿Por qué no me voy a sentir? Yo no soy vos.

—Ah, es cuestión de generaciones. ¿No nos entendemos? ¿La doctora te ha explicado eso?

—Mirá, puede ser, pero lo mejor es que los muchachos no te encuentren aquí. Para peor viene uno que es un energúmeno. Un individuo muy querido que se dedica al transporte de verduras. Un tipo pintoresco, un héroe popular. Hasta le han hecho un versito:

Salite de la esquina
Camionero loco…

—¿Y tengo que dar vueltas por la calle mientras atendés a tus amigos?

—¿Cómo se te ocurre? ¿Por la calle? No quiero que te pase nada.

—No puedo creer lo que estoy oyendo. ¿Pretendés que me esconda debajo de la cama?

—¿Cómo se te ocurre? Tengo una idea mejor. —Lo tomó de un brazo y lo llevó afuera—. No perdamos tiempo. En cualquier momento llegan.

—No me empujes. ¿Dónde vamos?

Isidorito le guiñó un ojo y poniendo un dedo sobre los labios le pidió que guardara silencio.

—Al altillo —susurró.

Vidal podía interpretar esas palabras como una explicación o como una orden. En el primer patio se cruzaron con Faber, que iba al fondo. Apareció también Nélida, con un atado de ropa. Empujado por su hijo, Vidal apresuradamente trepó la escalerita, en la esperanza de que la chica no lo viera. Una vez arriba, entró gateando, porque el techo era muy bajo.

—Aquí vas a estar perfectamente —aseguró el muchacho—. Si te recostás en uno de los cajones, podrás echar un sueñito. Apagá esa luz y no bajés hasta que te avise.

Isidorito se escabulló antes de que él protestara. El sitio no le parecía bien elegido. Como don Soldano, el mayorista de aves y huevos, lo usaba para depósito, estaba abarrotado de cajones sucios y malolientes. Con la luz apagada, la oscuridad resultaba intolerable. Isidorito lo apuró tanto, que no se acordó de traer el poncho ni el sobretodo, de lo que se felicitaba, porque hubieran quedado para la tintorería, aunque la verdad es que temblaba de frío, amén de que las tablas bajo su cuerpo eran demasiado duras. Si por lo menos hubiera pasado por el fondo antes de subir... Perdía la cabeza cuando su hijo se impacientaba tanto.

También lo había desorientado, veinte años antes, Violeta, la madre de Isidorito, una mujer vehemente, que sin necesidad de pruebas concebía las opiniones más enfáticas. Ante esa convicción, él siempre había sentido que toda duda era ofensiva y por un tiempo se dejó dominar. ¿Qué imágenes acudían primero a su memoria cuando pensaba en la época de Violeta? Ante todo, monumentales redondeces rosadas y el color del pelo —rubio rojizo— y un olor que tendía a la acritud ferina. Luego, sucesivos momentos de un período que ahora le parecía breve: el día que le anunció, en el Palais Blanc, que esperaba un chico y que debían casarse. El día que el chico nació. El día que por fin supo que ella lo engañaba. Porque daban una película de Louise Brooks, había entrado en el mismo Palais Blanc, y de pronto adivinó un aroma que le trajo nostalgias, y en la oscuridad de la sala, en la fila de adelante, oyó una voz inconfundible, que decía: «No te preocupés. Nunca viene sin mí al biógrafo». El día que encontró sobre la almohada la cartita de Violeta; le confiaba el hijo —*Sos un buen padre*, etcétera— y se iba, aguas arriba, con un paraguayo. A él le había tocado —se preguntó si no tendría alguna falla— una situación muy cantada en los tangos, que según lo comprobaba a su alrededor, no era habitual. Mientras Violeta lo dejaba, los amigos no hacían más que hablar del yugo y de las ganas de sacárselo, como si llevaran a sus mujeres a cuestas; la infidelidad lo contrarió, sin el dolor y el despecho que la gente suponía inevitables, y porque atendía a su hijo, gozó de un extraordinario prestigio entre las vecinas, aunque no faltó una que lo interpelara con la aseveración de que ella no respetaría nunca a un hombre que se ocupaba de tales menesteres. Todo esto le probó que los demás no sentían como él. Por aquella época resolvió mudarse a un departamento, porque había recibido unos pesos que le dejó un pariente (¡el disgusto que se hubiese llevado la pobre Violeta si lo hubiera sabido!); pero como las vecinas cuidaban de Isidorito mientras él estaba en el trabajo, desistió del proyecto. La plata se fue gradualmente, en la vida de todos los días, y ya no volvió a pensar en mudanzas. A continuación recordó esa tarde en que al llegar a casa oyó, en el cuarto contiguo, en medio del clamoreo de mujeres embelesadas, la apreciación de una señora: «Mírenle el cosito». Esta memoria le avivó las ganas de ir al fondo. En verdad estaba desesperado, pero no se atrevía a bajar porque le habían indicado que no lo hiciera. Al obedecer tan ciegamente a su hijo, obraba como un pobre viejo; recapacitó después que ésta era una argumentación de chico malcriado; por algo le habrían dicho de no bajar. Sobre un punto no cabía discusión: él no aguantaba más. Como pudo se arrastró por ese altillo infecto, se parapetó detrás de las últimas jaulas y, arrodillado, en postura inestable, interminablemente orinó. Hacia el final divisó luz entre las tablas del piso; con alarma estimó que allí abajo quedaba el cuarto del señor Bogliolo. La sola idea de una trifulca en ese lugar cubierto de suciedad de gallinero lo amedrentaba. Con el mayor sigilo trató de ocultarse en los cajones apilados en el extremo opuesto. Al rato estaba soñando con un señor que pasó casi toda la tiranía de Rosas escondido en un altillo, hasta que lo delató el mayor de los niños que por las noches le había hecho a su mujer y la Mazorca lo degolló. Después, en otro compartimento de ese mismo sueño, él saltaba a caballo empinados obstáculos, triunfal ante las mujeres, y combinando modestia personal con orgullo patriótico explicaba: «A caballo ando bien, como cualquier argentino». Como antes no había nunca montado, empezó a desconfiar de sus aptitudes y por fin cayó dolorosamente. Fragante de alhucemas, Nélida se reclinó sobre su cara y le preguntó: «¿Qué te has hecho?». No; lo que en realidad Nélida repetía era:

—Ya se fueron.

—¿Qué hora es? —preguntó—. Estaba medio dormido.

—Las dos. Ya se fueron. Isidorito no vino, porque tuvo que acompañarlos unas cuadras. No tardará. Ahora puede bajar, don Isidro.

Cuando quiso incorporarse le dolió todo el cuerpo y sintió el tirón en la cintura. Con incredulidad se preguntó: «¿Un lumbago, de nuevo?». Le mortificaba que la muchacha asistiera a sus dificultades, que mentalmente calificó de *miserias*. Se disculpó:

—Parezco un viejo tullido.

—Una mala postura —explicó Nélida.

—Una mala postura —admitió sin convicción.

—Permítame que lo ayude.

—No faltaría más. Yo puedo…

—Permítame.

Sin ayuda no hubiera salido de ahí. Nélida lo sostuvo; como una enfermera lo condujo hasta la pieza. Vidal se abandonó a sus cuidados.

—Ahora va a permitirme que lo acueste —pidió Nélida.

Contestó con una sonrisa:

—No. No hemos llegado a ese extremo. Puedo acostarme solo.

—Bueno. Esperaré. No me voy hasta dejarlo acostado.

Viéndola así, de espaldas, parada en el medio del cuarto, pensó que en ella eran muy evidentes los caracteres de fuerza y de belleza de una hembra joven. Consiguió desvestirse y meterse en cama.

—Ya está —dijo.

—¿Tiene té? Voy a prepararle un tecito.

A pesar del lumbago, sintió una suerte de beatitud desconocida, porque desde muchos años, no recordaba cuántos, no lo mimaban. Pensó que estaba iniciándose en los agrados de la vejez y de la enfermedad. Mientras le servía el té, Nélida le dijo que se quedaría un rato. Sentada a los pies de la cama, le habló —para hacer conversación, opinó él— de su vida, y con algún orgullo refirió:

—Tengo novio. Un muchacho que me gustaría que usted conociera.

—Cómo no —dijo desganadamente.

Pensó que le gustaban las manos de Nélida.

—Trabaja en un taller mecánico, de coches, ¿sabe? y, como tiene sensibilidad artística, integra el trío típico *Los Porteñitos*, que toca por la noche en locales del centro y sobre todo en Plaza Italia.

—¿Van a casarse? —preguntó.

—No bien juntemos la plata para el departamento y los muebles. Usted no sabe lo que me quiere. Vive pendiente de mí.

Siguió Nélida ponderando. Muy pronto su vida, al calor de esa descripción, constituyó una sucesión de triunfos en bailes y en fiestas, en los que ella era la inconfundible heroína. Vidal la escuchaba con incredulidad y ternura.

Se abrió la puerta. Isidorito miró, sorprendido.

—Perdón, los interrumpo.

—Su padre no estaba bien —explicó la muchacha—. Quise acompañarlo hasta que usted volviera.

A Vidal le pareció que Nélida se había ruborizado.

VI

Viernes, 27 de junio

A la otra mañana se encontró mejor, pero no lo bastante para despreocuparse. Pensó que si tuviera plata iría a la farmacia, se pondría una inyección y quedaría como nuevo (si no ese día, una semana después, cuando le hubieran aplicado la caja entera). Hasta que no cobrara la jubilación, todo gasto que no fuera indispensable quedaba excluido. Si en la farmacia lo atendía el señor Garaventa, no habría dificultades, pues entre hombres uno explica estas cosas; pero si lo atendía doña Raquel, la gestión se volvería espinosa. Agravaba su perplejidad la doble circunstancia de que doña Raquel tenía buena mano y de que el farmacéutico era famoso por carnicero.

Cuando fue al fondo, se encontró con Faber y con Bogliolo que, gesticulante, locuaz, nervioso, narraba algo. Apartando un poco a su interlocutor, preguntó Faber:

—Y usted, ¿dónde se metió anoche?

Vidal vaciló, incómodo. Llegó a balbucear:

—Este…

No fue necesario aclarar.

—Lo que es yo —lo relevó Bogliolo— a pesar de que no me sorprenden fácilmente…

Vidal lo miró con alguna curiosidad: hablaba de un modo extraño, con la expresión cambiada.

Levantando la voz, Faber consiguió que lo escucharan:

—Yo alcancé a introducirme en un retrete —explicó—, pero, créanme, pasé una noche de novela. En un momento golpearon a la puerta. Cuando creía que me llegaba el fin, se fueron.

—Lo que es yo —insistió Bogliolo— aunque no me dejo sorprender fácilmente, me vi rodeado por esa muchachada y, como no pierdo la cabeza, opté por seguirles el tren.

—Al alba, cuando encontré la salida expedita —continuó Faber— no podía levantarme. De tanto estar sentado no sé qué me dio, un lumbago o un espasmo en la cintura.

Arrastrado por un impulso fraterno, dijo Vidal:

—Lo mismo que a mí.

—No, no —protestó Faber—. Cuando salí del retrete me mantuve flexionado por un tiempo considerable.

Bogliolo, a pesar de alguna dificultad expresiva, logró acallar a sus interlocutores y retomar el relato:

—Los muchachos entraron en el juego y allá estuvimos conversando y planeando golpes hasta las más altas horas. No crean que mi situación era cómoda: la procesión iba por dentro y, aunque lo disimulara, estaba nervioso. Cuando la reunión se disolvió, traté de quedarme, pero porfiaron que los acompañara. Quise acoplarme al grupo de su hijo, que al fin es un conocido, pero dos me tomaron de los brazos y conversando como amigos caminamos una enormidad, en dirección del Pacífico. Cerca de los depósitos del vino Giol uno, al que apodaban el Nene, sin alteración de su tono cordial, me dijo que me olvidara de cuanto había oído esa noche. El otro elogió mi dentadura y con el pretexto de examinarla me la sacó de un tirón. Ustedes no van a creer: cuando la reclamé, el más petiso me dijo que si quería volver a casa prácticamente entero, no perdiera tiempo.

—De todos modos, la sacamos bastante más barato que Huberman —observó Faber.

Con la empacada afectación a que echaba mano en ocasiones delicadas, aventuró Bogliolo:

—Su hijo, don Isidro, me impresionó como un mozo responsable. ¿Usted se anima a sondearlo?

—¿A sondearlo? —preguntó Vidal.

—Para que inicie una exploración del terreno, para ver si tengo una chance de recuperarla. Usted sabe lo que vale una dentadura.

—No voy a saber.

—¿Cuento con usted?

—Cuente, cuente. ¿Cómo fue lo de Huberman?

Bogliolo arqueó las cejas con alguna desconfianza. Luego emprendió la explicación:

—El pobre venía con su automovilito por Las Heras…

Faber lo apartó un poco y lo interrumpió:

—¿Me deja hablar? Yo recorté en *Última Hora* las declaraciones del homicida —sacó del bolsillo el recorte y cuidadosamente lo desdobló—. No tienen desperdicio. Oigan esto: «Cuando vi esa calva en el auto de adelante, comprendí que me había equivocado de fila. Confieso que a lo mejor estuve prevenido, irritado de antemano. Pero, créanme señores, todo pasó como lo había previsto: cuando los otros vehículos arrancaron, el que yo tenía adelante seguía inmóvil, con su conductor, el viejito de la calva, primero a la espera de sus propios reflejos y después preparándose para poner en marcha el auto. Este viejo fue víctima de una irritación que llevo acumulada a lo largo de situaciones parecidas, por culpa de viejos parecidos. Yo me contenía apenas y la tentación de hacer puntería en esa calva, centrada por las orejas bien abiertas, fue demasiado para mí».

Vidal preguntó:

—¿Qué le hicieron a ese loco?

—Bueno, che, no lo tome así —protestó Bogliolo.

—Recuperó inmediatamente su libertad —aseguró Faber.

Bogliolo abrió la canilla de una pileta y bebió, ayudándose con la mano. Recomendó a Vidal:

—No se me olvide, si le viene bien, de sondear a su hijo.

Se alejó en dirección a las piezas. Los otros lo siguieron lentamente.

—Me da lástima —dijo Faber.

—A mí, ninguna —contestó Vidal.

—Con ese aire de malo, es un pobre diablo, un miserable turiferario del encargado. No sabe para qué lado agarrar.

Se encontraron con Nélida y Antonia. Vidal notó que no saludaban a Faber. Éste se retiró.

—Lo felicito por sus amistades, don Isidro —observó irónicamente Antonia.

—¿Lo dice por Botafogo?

—Botafogo, vaya y pase. A este viejo sinvergüenza no lo trago.

—Tiene razón Antonia —afirmó Nélida.

Vidal miró a esta última, admiró la ligera curva de su cuello, pensó que podía describirlo como cuello de cisne y que él siempre estaba haciendo descubrimientos en la muchacha. Rápidamente preguntó:

—¿Qué ha hecho?

Antonia se ensañó:

—¿Qué no ha hecho? Es un viejo repugnante. Se lo cuento y me sofoca la rabia. De noche la aborda a una con intenciones de lo más groseras, ¡en los baños y sus inmediaciones! Pregúnteselo a Nélida, si no me cree.

Nélida reconoció:

—Desde las diez de la noche, está agazapado a la espera.

—No puede ser —exclamó Vidal.

—Téngalo por seguro. Si lo sabremos nosotras.

—¿No me digan? ¿No se verá a sí mismo? Estará desesperado y habrá perdido la vergüenza.

Vidal comentó que la conducta de Faber era increíble y abundó en condenaciones.

—A un viejo así —declaró Antonia— yo lo denunciaría sin remordimiento.

Como si conviniera con ella, Vidal lo defendió:

—Es un pobre diablo.

Repitió eso varias veces. Intentó otras defensas, porque los ataques eran despiadados.

—Viejos así no habría que dejar ninguno —sentenció Antonia.

—Bueno. Confieso que tienen razón. Viejos que se meten con mujeres jóvenes dan un espectáculo triste. Repugnante. Ustedes tienen razón. Toda la razón. Pero si los comparan con un delator, con un traidor, con un asesino…

—A usted no lo ofendió Faber. Póngase en mi lugar.

—¿Cómo no va a estar ofendida? —convino Vidal—. Faber no tiene perdón. Pero tal vez el infeliz no vea hasta qué punto es grotesco lo que está haciendo, porque verlo sería reconocer que está viejo y que se acerca a la muerte.

Antonia preguntó:

—¿Eso a mí qué me importa?

Vidal juzgó la réplica inapelable; sin embargo, como creyó que debía intentar un último esfuerzo en favor de su amigo, resumió la argumentación en estas palabras:

—Bueno, les doy la razón en todo. Es viejo y es feo, pero esto es algo que no podemos echarle en cara. Nadie es viejo y feo por gusto.

Antonia lo miró moviendo la cabeza, como si hubiera oído algo extravagante y lo perdonara simplemente porque lo aceptaba como era.

—Con don Isidro no se puede. Voy a lavar un poco.

Antes de seguirla, Nélida susurró:

—No hable así delante de Antonia.

VII

Estaba aliviado. El largo día de haraganear en la pieza lo había mejorado notablemente. Si no salió fue por consejo de Nélida. A las doce, cuando iba al restaurant, se encontró con ella en la puerta cancel. La chica le dijo:

—No salga. Salir así a la calle me parece una imprudencia. Hoy se toma un descanso y mañana estará bien.

—No se vive del aire. Créame, ni para hervir fideos tengo disposición.

—Mi tía Paula me trajo una fuente de pastelitos. ¿Me deja que lo convide?

—Si viene a comerlos conmigo.

—No, eso no. Por favor, no lo tome a mal. Usted sabe cómo está la gente.

Primero uno, después otro más, comió media docena de los pastelitos de Nélida, una verdadera exquisitez, que luego hizo bajar con mates. De todos modos le cayeron pesados y durmió una larga siesta, de esas de antes, de las que uno por fin despertaba desorientado, sin saber si era de día o si era la mitad de la noche. Mateó de nuevo, en vano esperó que Isidorito le trajera la radio que por último llevó a componer, se resignó a hervir los fideos, los comió con queso rallado, con pan de la víspera, con vino tinto y, cuando no quedaban sino migas, entró Jimi.

—¿Llego tarde? —preguntó.

—Por increíble que parezca. Ya no hay nada.

—¿No me vas a decir que no tenés un postre en el ropero? ¿Un budín? ¿Siquiera una barra de chocolate?

—Bueno, el chocolate de Isidorito. Te va a caer como plomo.

—No te preocupés, yo todavía digiero —declaró mientras mordía rápidamente la barra—. Espero no causar una desavenencia entre ustedes. A propósito: esta noche vamos a jugar en lo de Néstor, que se lleva bien con su hijo. Es más seguro. ¿Venís?

Vidal pensó que podía aceptar porque Nélida no se enteraría y porque a él le haría bien reunirse con los muchachos, ventilarse un poco, renovar las ideas que se le habían puesto lúgubres a lo largo de ese día de quietud y de indigestión. Preguntó:

—¿Sigue el fresco, che?

—Abrigate, que están caras las coronas.

Vidal se cubrió los hombros con el ponchito y salieron a la noche.

—¿Qué te pasa? —preguntó Jimi—. Te veo medio envarado.

—Nada. Un dolor de cintura.

—Los años, viejo, los años. El hombre astuto despliega a tiempo su estrategia contra la vejez. Si piensa en ella se entristece, pierde el ánimo, se le nota, dicen los demás que se entrega de antemano. Si la olvida, le recuerdan que para cada cosa hay un tiempo y lo llaman viejo ridículo. Contra la vejez no hay estrategia. Mirá, en la esquina veo gente, a lo mejor es una patota, o uno de esos piquetes de represión, como los llaman… No cuesta nada dar la vuelta a la manzana y evitarlos.

—Uno se resigna a todo. ¿Vos creés que dos

viejos señores argentinos, de tiempos de nuestra juventud, se resignarían a esta prudencia?

—Mirá, en esa época todos eran coléricos, pero si nadie los veía, quién sabe.

VIII

Néstor vivía con su mujer y con su hijo, que también se llamaba Néstor, en la calle Juan Francisco Seguí, en una casita compuesta de comedor y una pieza al frente, otra pieza y las dependencias al fondo, sobre un jardín o terreno. Cuando los dos amigos llegaron, los otros estaban reunidos en el comedor. En una de las paredes había un reloj de péndulo, detenido en las doce. La señora, doña Regina, según su costumbre no se dejaba ver por los amigos del marido; para contestar una pregunta sobre ella, éste vagamente señaló los fondos.

El hijo explicaba:

—Me esperan en un café del otro lado de la avenida.

—Alvear —precisó Dante.

Todos rieron. Con la mayor seriedad Jimi explicó:

—Nuestro viejito es prehistórico.

El hijo de Néstor corrigió cortésmente:

—El señor Dante quiso decir la Avenida del Libertador.

—Tiene razón Dante —observó Arévalo—. Hay que oponerse al cambio de nombres. Cada veinte años cambian las casas, cambian los nombres de las calles...

—Cambia la gente —señaló Jimi y se puso a tararear—: *¿Dónde está mi Buenos Aires?*

—No hay razón para considerar que es la misma ciudad —aseguró Arévalo.

El muchacho se despedía de los invitados de su padre. Vidal se disculpó:

—Qué manera de invadir la casa.

—Hasta lo obligamos a salir —añadió Arévalo.

—Lo principal es que estén a gusto —aseguró el muchacho—. Por mí no se hagan problema.

—Es una barbaridad que tenga que irse por nosotros —dijo Arévalo.

—¿Qué es eso, comparado? —protestó el muchacho—. Yo estoy con los amigos de papá. —En un balbuceo, agregó: —Caiga quien caiga.

Afectuosamente palmeó en el hombro a su padre. Sonrió, saludó con la mano en alto, partió.

—Un buen chico —dijo Vidal.

—Un charlatán —murmuró Jimi.

Néstor sirvió el fernet, los maníes, las aceitunas. Rey adelantó una mano ávida. Tiraron a reyes; le tocó a Vidal jugar con Jimi y Arévalo, de modo que esa noche, antes de empezar, los partidos estaban ganados.

—¿Qué me dicen del tapicero? —comentó Rey, con la boca llena.

Vidal preguntó a Néstor:

—¿Lo conocías?

—Lo he visto mil veces, frente a tu casa.

Aunque Néstor pronunció *frente* con una erre marcadamente francesa, nadie sonrió, salvo Jimi, que también guiñó un ojo.

—¿De quién hablan? —preguntó Dante.

—Noto con alarma un gran cambio —dijo Arévalo.

—Del abuelo de Rey —dijo Jimi, sofocando la risa.

—No te creo —replicó Dante.

—Noto con alarma un gran cambio —insistió Arévalo—. Estas cosas pasaban antes en las noticias de policía, a desconocidos; ahora a personas del barrio.

—Cuyas caras conocemos —añadió, truculento, Rey.

—Otro pasito y ¡pobre de nosotros! —gimió Jimi, guiñando un ojo.

—Tú no tienes alma —dijo Rey, como si lo descalificara—. ¿Por qué el gobierno tolera que ese charlatán, desde la radio oficial, difunda la ponzoña?

Vidal habló en tono reflexivo:

—Yo creo que Farrell ha dado conciencia a la juventud. Si estás en contra de las charlas de fogón, todavía te van a confundir con los matusalenes.

—Qué razonamiento —dijo Arévalo, con una sonrisa.

Señaló Rey:

—¿Veis la ponzoña? Nuestro propio Isidro nos habla con los terminachos del demagogo.

—De acuerdo —concedió Arévalo— pero a vos, Leandro, se te va la mano. Sos demasiado conservador.

—¿Por qué no he de serlo?

—¿Por qué se vuelven odiosos los viejos? —argumentó Arévalo—. Están demasiado satisfechos y no ceden su lugar.

—Al Ponderoso, ¿quién lo mueve de la registradora? —preguntó Jimi.

—¿Cederé a chapuceros, porque son jóvenes? ¿Abandonaré el fruto de mi trabajo? ¿Dejaré el timón?

Guiñando un ojo, Jimi cantó:

—*¡Cómo rezongan los años!*

—Mucha broma —comentó Néstor, y sin perdonar una erre francesa, continuó—: pero si la autoridad no para esta ola, ¿quién estará seguro?

—¿Recuerdan la ricachona de Ugarteche? —preguntó Rey.

—¿La vieja de los gatos? —preguntó Arévalo.

—La vieja de los gatos —asintió Rey—. ¿Qué podían echarle en cara? Una extravagancia, alimentar gatos. Pues nada, ayer en la esquina de su casa, una cáfila de muchachuelos la mató a golpes, a vista y paciencia de los transeúntes.

—Y de los gatos —agregó Jimi, que no toleraba por mucho tiempo las tristezas.

—Husmeaban el cadáver —puntualizó Rey.

Jimi comentó con Vidal:

—Frente al gallego hay que abrir el paraguas. ¿Viste cómo voló el pedacito de maní? Los viejos al hablar escupimos. Yo me venía salvando de esta desgracia, pero ya empecé. Los otros días, no me acuerdo a quién, en el calor de una explicación le apliqué mi redondelito blanco en la manga. Para disimular, yo quería seguir la conversación, pero sólo pensaba: Ojalá que no se dé cuenta.

—Peor es el caso del abuelo —dijo Arévalo.

—¿De Rey? —preguntó Dante.

—¿Ustedes no leen los diarios? —preguntó Arévalo—. Era un peso para la familia y fue eliminado por dos nietas de seis y ocho años.

—Respectivamente —concluyó Rey.

—¿Se proponen inquietarme? —preguntó Jimi—. Hablemos de cosas serias. El domingo, ¿gana River?

—En la justa de honor, River se agranda —declaró Rey.

—Por algo te dicen Ponderoso —apuntó Arévalo.

Dante preguntó irritado:

—¿Eso qué tiene que ver con su abuelo?

Recordaron enormidades que ocurrían en canchas y en tribunas. Rey sostuvo:

—Hoy por hoy, el varón prudente presencia el fútbol ante su pantalla de televisión.

—Lo que es yo —dijo Dante, que por una vez

había oído— ahora no voy a la cancha aunque juegue Excursionistas.

Tras mostrarse partidario de una «confrontación actual, directa», Néstor anunció:

—El domingo ya me verán en las tribunas alentando a River.

—No seas inconsciente —rogó Jimi.

—Suicida —flemáticamente sentenció Rey. Dante explicó:

—Néstor va con su hijo.

—Ah, eso es otra cosa —admitió el mismo Rey. Ufano en su orgullo de padre, confirmó Néstor:

—¿Vieron? No soy inconsciente ni suicida. El chico me acompaña.

—Mientras tanto, con la conversación —acotó Jimi— da largas al juego y posterga la derrota. ¿Nos tendrá engañados el viejito? ¿Será un vivo?

Cuando la derrota llegó cuatro veces, los perdedores dijeron basta. Dante declaró su intención de acostarse temprano, Néstor ofreció otra vuelta de fernet y de maníes, Rey observó que era medianoche. Pagaron.

—En amor vamos a tener una suerte bárbara —dijo Néstor.

—¿Por qué van a tener? —preguntó Jimi—. No fue por falta de cartas que perdieron.

Rey sonrió, movió la cabeza, reprochó afectuosamente:

—Por lo menos déjanos la esperanza.

—Mírenlo —pidió Arévalo—. ¿Dónde está su famoso empaque?

Por algo sostenía Novión que la sola idea del amor humaniza.

Salieron juntos, pero cada cual muy pronto se encaminó a su casa, excepto Rey, que dijo:

—Quiero estirar las piernas. Te acompaño, Isidro, hasta la puerta. —En tono de confidencia agregó: —Te ruego que no imagines que el único entretenimiento en mi vida es el de arrellanarme en la butaca, frente al fútbol televisado. Lo digo con el mayor respeto por esos chirimbolos de la técnica.

Vidal sintió que esta última frase lo enconaba inexplicablemente contra su amigo. Iban llegando. Rey lo tomó del brazo y le dijo:

—Caminemos un poco más. Ven, acompáñame hasta casa.

Mientras caminaban, Vidal pensó que por su parte quería estar solo, ya en cama, preferiblemente dormido. Para romper el silencio comentó:

—Esta noche el frío amaina.

—Ya viene, con retardo pero ya viene, el veranillo de San Juan. Vidal se dijo que en la noche, como si hubiera más lugar, solía encontrarse libre de circunstancias que durante el día lo atenaceaban: el lumbago, por ejemplo, se había esfumado, o por lo menos incomodaba apenas. Como llegaban a la panadería, se apresuró a exclamar:

—Hasta mañana.

—Te acompaño hasta tu casa.

A Vidal se le ocurrió, por primera vez, que el otro acaso quería decirle algo importante. Pensó también que así, mientras Rey no se resolvía, caminarían hasta el alba. De nuevo rompió el silencio:

—¿Por qué no estabas ayer en el despacho?

—¿A la mañana? Exageraciones de las chicas…

Sin duda la necesidad y el escrúpulo de hablar lo abstraían. Vidal no era curioso. Con el egoísmo de un hombre cansado resolvió cortar ese ir y venir.

—Hasta mañana —dijo y se metió por el zaguán. Vagamente entrevió la carnosa cara de Rey, que abría la boca.

IX

Sábado, 28 de junio

A la mañana reapareció el lumbago. Lentamente Vidal se levantó, calentó el agua, se vistió, chupó unos mates. En los movimientos que ensayaba indagó, sin prisa, el dolor. Bromeando consigo, comparó esa acción con la de un buen jugador de truco, por ejemplo Arévalo (o Jimi cuando imitaba a Arévalo), que *orejea* las cartas y con alardeada lentitud se entera del juego que le tocó en suerte. Después de un rato llegó a la conclusión de que el dolor, muy llevadero, no justificaba por ahora inyecciones u otro gasto de farmacia. Entendió entonces que debía, como un varón, afrontar una verdadera prueba, la más dura: el lavado de alguna ropa. Dijo: «Ahora mismo»; imaginó el esfuerzo de fregar y enjuagar con la espalda encorvada, se acobardó, calificó de mastodontes a las viejas piletas del inquilinato, anchas y profundas. Protestó: «Un modelo que ya no se fabrica. No por nada dicen que la gente de antes era más grande». Recogió un par de medias, un calzoncillo, una camisa, una camiseta. Sacudió la cabeza y declaró: «No hay más remedio. Hasta que paguen la pensión —me pregunto si la pagarán algún día— no doy ropa a lavar. Antonia me tomará entre ojos, como todos los meses, cuando le retiro la ropa a su madre. Hasta que me paguen, ese y otros lujos quedan eliminados. Qué manera de hablar solo».

Doña Dalmacia, la madre de Antonia, era el personaje más popular del inquilinato. Viuda desde joven, diríase que lavando y planchando (sin por ello interrumpir las bromas y el canturreo) esta valiente señora criolla había criado, educado, mantenido, relativamente pulcros, a ocho hijos. Ahora, como todos ellos (menos Antonia), se habían casado y vivían afuera, doña Dalmacia recogió a las tres pálidas chiquilinas de un hijo que pasaba por estrecheces: en el amplio corazón de la señora sobraba lugar y su ánimo para el trabajo no conocía límites. La edad, sin embargo, le había modificado el carácter, en el que era de advertir una acentuación de cierta brusquedad ingénita, lo que dio pie sin duda a que gente nueva en el barrio le aplicara el alias, no menos afectuoso que burlón, de *el Soldadote*; pero si los enojos de la señora eran contundentes —quien la enemistaba corría algún riesgo— también era cierto que perdonaba con prontitud y que olvidaba las ofensas.

Camino al fondo, Vidal murmuró: «Ojalá que no encuentre a nadie. Aquí llevan un censo de las veces que va uno al baño». Por cierto, encontró a Nélida, que lavaba, y a Faber.

—Le explicaba a la señorita —dijo Faber— que no toda la culpa es de los inadaptados. También están los que azuzan.

—¿Quiere creer, don Isidro, que Antonia me da vuelta la cara?

—No puede ser —dijo Vidal.

—¿No puede ser? Usted no la conoce. El señor Faber no me ha hecho nada, pero ella quiere que lo trate como a un perro.

Faber asintió con la cabeza. Vidal exclamó:

—Increíble.

—¿Le cuento una cosa? Ahora me comenta con todo el mundo, porque la otra noche estuve en su cuarto.

Vidal no pudo conceder a esta revelación el asombro esperado, porque llegaron Dante (con algo insólito en su apariencia) y Arévalo. Rápidamente se retiró Nélida.

—Bueno —dijo— pero ustedes no estén siempre a vista y paciencia. Faber huyó en dirección a su pieza y Vidal se topó con el encargado. Éste declaró:

—No hay que permitir que desacuerdos, llamémoslos nimiedades, nos aparten. ¿Un ejemplo? El señor Bogliolo está hecho una fiera, porque le derramaron agua desde el altillo. ¿Es para tanto? Ahora voy arriba, a ver qué descubro —se alejó unos metros, los desanduvo, anunció dramáticamente—: O presentamos un frente unido o nos corren de todos lados.

Cuando se fue el encargado, Arévalo dijo:

—En esta casa reina la animación. Nosotros, más bien, necesitamos tranquilidad. Queremos hacerte una consulta.

—Estoy a la disposición de ustedes —contestó Vidal.

—No te pongas tan solemne. Queremos tu opinión. Dante, aquí presente, resolvió anoche... ¿lo digo?

—Para eso nos costeamos hasta acá —dijo Dante, molesto—. Cuanto antes mejor.

Arévalo habló rápidamente:

—Resolvió anoche teñirse el pelo y pregunta qué opinás.

Vidal balbuceó:

—Me parece perfecto...

—No te apurés —protestó Arévalo.

—¿Te explico mis dudas? —preguntó Dante—. Hay personas a quienes el pelo canoso repugna y enfurece; en cambio a otros les da rabia un viejo teñido.

—¿Te explico? —dijo Arévalo—. Yo le contaba a Dante que una vez, yendo con una chica a un hotel, nos cruzamos en la puerta con otra pareja. La chica se rio: «Mirá el viejito». Miré y era un condiscípulo mío, más joven que yo, sólo que parecía una oveja con el pelo blanco.

—¿Vos te teñís?

—¿Estás loco? Gracias a Dios, nunca me hizo falta.

—Hay un pero —observó Dante, con visible preocupación—. La tintura se nota.

—Qué se va a notar —replicó Arévalo—. Nadie se fija en nadie. Tenemos una idea general de que fulano es canoso o es calvo.

—Las mujeres a lo mejor se fijan —opinó Vidal.

—No te oigo —dijo Dante.

—Se fijan en otras mujeres, para criticarlas —dijo Arévalo.

—Ahora la gente se fija —insistió Dante—. Y no me van a negar: un viejo teñido provoca irritación.

—¿Y los calvos? —preguntó Vidal.

—La tintura —continuó Dante— es, hoy por hoy, un procedimiento burdo. Se nota.

—La mitad de las chicas que andan por la calle están teñidas. ¿Lo notás?

—Yo no —dijo Dante.

Como si cambiara de bando, admitió Arévalo:

—Se nota cuando disimula. ¿Qué me dicen de esas negras teñidas de rubias?

—No me interesan las negras. Díganme la verdad, ¿parezco más joven? Yo así no engaño a nadie —declaró Dante, desolado.

—Entonces, ¿para qué te teñiste? —preguntó Arévalo.

—No sé, che. Te pregunté.

—A veces no hay más remedio que saltar en el vacío.

—Eso parece fácil, tratándose de los otros. Y ahora no me dicen nada, si está bien o si está mal. ¿Estoy peor que antes?

Vidal pensó: «Es un chico enojado y necio». Preguntó:

—Un calvo, ¿qué hace?

Volvió Nélida.

—Ay, señor —exclamó en voz baja—, lo llama por teléfono Leandro.

—¿Me esperan un momento?

—No, nos vamos.

Nélida le dijo:

—¿Qué va a hacer con esa ropa?

—Voy a lavarla.

—Démela.

—Antonia le va a tomar una idea…

—No faltaría más.

Para entrar en el taller, donde trabajaban media docena de muchachas, dominó una instintiva aprensión; sin embargo, la circunstancia de que lo rodearan mujeres jóvenes hasta hace poco lo atraía.

Por teléfono Rey le dijo:

—Estoy por invertir unos pesitos en un hotel…

—No digas…

—Me gustaría mostrártelo. ¿Te animas a salir esta tarde? No queda lejos de tu casa. ¿Las cinco es muy temprano?

Precisó la calle —Lafinur— y el número.

Nunca hubiera creído Vidal que ése era el secreto que perturbaba anoche a su amigo. Pensó que él era un mal psicólogo. No acababa de conocer a la gente.

X

Al desembocar en la calle Lafinur exclamó: «No puede ser». Pocos pasos después admitió: «Sin embargo, no hay otro por acá». Desde luego, las vacilaciones de la noche anterior se volvían comprensibles: el pobre Rey no se resolvía a comunicarle su propósito de comprar un hotel de citas. Ahora él mismo vacilaba. «Confesemos», dijo, «que entrar sin una compañera resulta incómodo». Rey apareció en la puerta del hotel, con una gran sonrisa, y lo llamó por señas. ¿Cuántos años tendría que vivir el hombre para dejar atrás todas las vergüenzas injustificadas, para madurar completamente? Había mirado en derredor, esperanzado quizá de entrar sin que nadie lo viera, sobre todo por la circunstancia agravante de que el pesado de Rey llamaba la atención con sus gestos. En seguida Rey lo abrazó, muy contento y hasta nervioso. Desde luego no existía motivo alguno para que un observador casual imaginara disparates. Infinidad de razones podían llevar ahí a un par de señores como ellos. Por ejemplo, la de visitar el hotel, con intención de comprarlo. Como tantas veces, la verdad parecía increíble.

Rey lo condujo por un corredor, que daba al patio, golpeó con prudentes nudillos en una puerta, la abrió sin esperar que le contestaran y se hizo a un lado, para que Vidal entrara primero. Tras una brevísima duda, éste lo obedeció. Había perdido el aplomo, como en una situación de sueño, de modo que se alegró de encontrarse frente a ese gordo pálido, el patrón indudablemente, en un escritorio, con una mesa y tacitas de café. Rey presentó:

—Mi amigo Vidal. Mi paisano Jesús Vilaseco.

—Otro pocillo, Paco —vociferó el patrón—. Bien calibrado y caliente el café. —Bajó la voz, para preguntar en un gemido: —¿Hay domésticos peores que los de hoteles como éste? Si lo sacas a Paco de las camas, ¿para qué sirve? Para traer frío el café, tibio el refresco.

Apareció el individuo con la tacita: un pelafustán pálido como su amo, pero más joven e infinitamente desaseado. Anunció:

—Don Jesús, en el dieciocho nos dejaron de nuevo una pared que da grima.

—¿Fue el de Angélica, Paco?

—Qué va. Si a ese tío le echo el guante…

—Más café, Paco, y por una vez calentito.

—¿Quién es el de Angélica? —preguntó Rey.

—Un mentecato que invariablemente escribe en la pared: *Angélica, siempre te busco.*

Vidal pensó: «Un abandonado. La llama con amor, pero sin ilusiones». Intercedió:

—Pobre hombre…

—¿Pobre hombre? —repitió el patrón—. Por angelitos como ése un día te clausuran el local.

—¿No cuentes? —ponderó Rey.

—Tarde o temprano se cruza con la fulana, que si viene aquí no anda sola, y te la despacha como a un conejo. Desde el llano ustedes piensan que uno se da una vida regalada, que esto es un Perú.

Socarronamente Rey lo interrumpió:

—No te quejes. Fuera de las funerarias, ¿qué ramo cobra contante y sonante, como el tuyo?

—¿Nos comparas? A ellos, ¿quién los molesta? Di que se requiere un estómago…

Vidal pensó que en esa conversación estaban invertidos los papeles. El comprador elogiaba la mercancía, el vendedor la denigraba. ¿Se habían distraído? Rey interpeló a su paisano:

—¿Qué sabrás tú de mis guerras para cobrar a fin de mes una libreta? Sin contar el fiado y el robo hormiga.

—Y tú, ¿qué sabes de sobresaltos? Al inspector, que arreglas con un pan dulce, no lo conformo con la entrada bruta de un sábado, para no decir nada de las visitas de la Comisión del Honorable Concejo ni de los tipejos del patrullero. ¿Te cuento a quién envidio? A don Eladio, que se pasó de la flota de taxis a la red de *garages* y a la carne en tránsito. ¿Para cuándo el cafecito, Paco?

Hablaron largo y tendido sobre don Eladio. Vidal se dijo que estos hombres de negocios, como si no tuvieran nada que hacer, no mostraban apuro; en cambio él, un desocupado, no podía perder el tiempo de esa manera. Tal vez para seguir ahí sentado encontraría aliciente en un espectáculo que parecía inevitable: las evoluciones de esos dos, a partir de la posición que habían tomado, para llegar a sus respectivas metas de cobrar más y de pagar menos. En verdad, estaba furioso de impaciencia. Entró Paco y, poniendo la cafetera sobre la mesa, dijo:

—Si no está caliente, la culpa es de los que llegan. Cada triqui traca, el timbre.

—Y tú todavía te quejas —comentó Rey.

—¿No he de quejarme, Leandro? Sólo pido un café calentito.

Se entreabrió la puerta y una voz femenina preguntó:

—¿Se puede?

Acudió Paco a ver quién llamaba.

—Es Tuna —dijo—. ¿Cómo te va?

—¿Qué tal? —dijo el patrón.

—Por fin llegaste —dijo Rey, mirando de soslayo el reloj.

Era una muchacha cobriza, de baja estatura, de fuerte pelo negro, de frente muy estrecha, de ojos chicos y duros, de pómulos prominentes, vestida con ropa nueva, humilde. Estaba resfriada.

—¿Un café, Tuna? —preguntó el patrón—. A lo mejor se esmera Paco y lo trae caliente.

—Gracias, no tengo tiempo.

Rey preguntó con alarma:

—¿No tienes tiempo?

—Pero sí, che. Digo nomás que no me sobra.

Vidal se había levantado de la silla; como no los presentaron, saludó con una inclinación de cabeza.

—Bueno, si te parece, vamos pasando —sugirió el patrón.

Tuna extrajo de la cartera un pañuelo de papel, lo desplegó con pulcritud, sonó abundantemente la nariz. Vidal observó que cerraba la mano sobre el bollo de papel mojado y que el esmalte de las uñas era rojo oscuro. Se preguntó por qué estaba ahí la muchacha. ¿Era la intermediaria? No lo parecía.

—Te seguimos —dijo Rey.

Vidal fue el último en salir. Las piezas, con su interminable fila de puertas de color verde nilo, daban a un alero; a la derecha, bajo un parral, corría un pasaje para automóviles, clausurado. El patrón empuñó el picaporte de la primera puerta.

—No, don Jesús, que hay gente —previno Paco.

—Todas las piezas son iguales —declaró el patrón y abrió la segunda.

Entraron Tuna y Rey, el patrón hizo pasar a Vidal, se retiró y cerró. En el cuarto había una espaciosa cama, dos mesas de luz, dos sillas, grandes espejos. Vidal se dijo: «Caí en una trampa». En seguida recapacitó que esa idea era absurda. ¿Hasta cuándo él, un hombre ya cansado, sería íntimamente un chico? Peor: un chico tímido. Para más de una situación imprevista, hasta el fin de sus días… Advirtió entonces que Rey besaba mimosamente las manos de la muchacha.

—O te portás bien o me voy —amenazó Tuna—. Ya te dije que no quiero perder tiempo.

—Seremos formales —afirmó Rey, con resignación.

Le señaló a Vidal una silla y se sentó en el borde de la cama. Ahí, sentado como un niño juicioso, resultaba muy grande y muy gordo.

Distraídamente Vidal leyó las inscripciones en la pared: *Adriana y Martín, Rubén y Celia, Recuerdo de un corazón entrerriano, Pilar y Rubén*.

Tuna padecía un copioso resfrío de nariz. La sonaba con sucesivos pañuelos de papel, que sacaba de la cartera y, ya usados, acumulaba sobre la silla libre. Solícito Rey le insinuó:

—Si temes que te haga daño…

—Si me hiciera mal desnudarme —aseguró Tuna— estaría tuberculosa.

A medida que se quitaba la ropa, la ponía ordenadamente en el respaldo de la silla. Desnuda, caminó por el cuarto, con inesperada cortedad esbozó pasos de baile, levantó extáticamente los brazos, giró sobre sí misma. Vidal notó que la piel, desde los senos hasta el bajo vientre, era grisácea y que junto al ombligo tenía un lunar negro. La muchacha se acercó a Rey, para que la besara. Después habló. Sorprendido, Vidal comprendió que *le* habló. Tuna le decía:

—¿Vos tampoco vas a hacer nada?

Se apresuró a contestar:

—No, no, gracias.

En ese momento entrevió la posibilidad de sentir luego disgusto, acaso enojo. Rey alegaba entre risotadas:

—Por mí no tengas empacho… Es pan comido la Tuna.

Tal vez quisiera mostrarse dueño de la situación. Vidal se disponía a replicar secamente, cuando la muchacha le dijo en tono triste:

—Si no vas a hacer nada, te pido que aceptés un recuerdo.

Sacó de la cartera otro pañuelo de papel, lo apretó contra la boca y, debajo del dibujo estampado, torpemente escribió con el lápiz de labios: *De la Negra.*

—Gracias —dijo Vidal.

—¿Te llaman la Negra? —preguntó Rey, con ansiedad—. A mí no me dijiste que te llamaban la Negra.

Se vistió la mujer, pidió su paga, se trabó con Rey en acre debate sobre el monto. Vidal recordó que Rey llamaba la hora de la verdad el momento de entregar el dinero. Al despedirse, Tuna y Rey ya no estaban peleados. Afectuosos, como cualquier sobrina y cualquier tío, se besaron en la mejilla.

Cuando los hombres quedaron solos, Rey comentó:

—No está mal la chicuela. Dispongo de otras iguales o parecidas, un enjambre de ellas, en constante contacto telefónico... ¿Te digo cómo la descubrí? En la sección *Servicio Doméstico,* un aviso clasificado tanto machacaba sobre la buena presencia, que llamó poderosamente mi atención. No son malas chicas, vinculadas eso sí a una caterva de muchachones, que no es de fiar.

Se despidieron del patrón y salieron a la calle. Quién sabe por qué Vidal sintió piedad por su amigo. Quería hablarle, para no parecer enojado, pero sin que se le ocurriera un tema de conversación, caminaron buen trecho. Cuando pasaron frente a la casa en demolición, ponderó:

—Con qué rapidez la destruyen.

—Aquí sólo para destruir somos rápidos —afirmó Rey.

Vidal miró la demolición. Ahora quedaba a la intemperie el empapelado de lo que sin duda fue el dormitorio, con un cuadrado descolorido, donde debió de colgar un retrato, y también se descubrían las intimidades del cuarto de baño. Frente a la panadería, recordó la manera en que la noche anterior se había librado de Rey, y, como basta un antecedente para establecer una costumbre, sin premeditación dijo:

—Me esperan. Te dejo.

Se alejó con paso apresurado. Cuando se volvió, sus ojos encontraron la misma imagen de la noche anterior: la carnosa cara de Rey, que abría la boca.

XI

Como un animal que anhela su cueva, tenía ganas de volver a casa, pero con asombro descubrió que estaba inquieto y optó por cansar un poco los nervios antes de encerrarse en la pieza a pasar la noche. Se dijo que a sus años un hombre ha conocido tantas experiencias, que un episodio como el del hotel no lo sorprende demasiado. Lo comparó, sin embargo, a sueños en que la situación no es amenazadora ni angustiosa, pero que resultan opresivos por un indefinible poder de las imágenes. Quién sabe qué asociación de ideas le trajo en ese momento el recuerdo de un perro de la casa paterna, cuando él era chico, el pobre Vigilante, que luego de una larga conducta de abnegación, constancia y dignidad, se entregó, ya viejo, a la indecorosa e inútil persecución de las perras del barrio. Probablemente por primera vez en la vida él se ofendió. La amistad con el perro no volvió a ser la misma y cuando lo perdieron conoció dos nuevos estados de ánimo: el remordimiento y el desconsuelo.

Pensó que una conversación con Jimi le haría bien. Con su extraordinaria cordura, Jimi le ayudaría a echar todo a la broma, a entender esa emboscada, tan absurda, que le habían tendido. Es verdad que difícilmente podría contar la historia sin mencionar a Rey, mejor dicho, sin reírse de Rey, pero también era verdad que éste, para cumplir sus misteriosos propósitos, lo había engañado. De cualquier manera, le desagradaba cometer, a sabiendas, una deslealtad a un amigo. Recordó entonces una frase que le serviría quizá para proteger al pobre Rey: Se dice el pecado, no el pecador. ¿Por cuánto tiempo sería capaz de esgrimirla ante Jimi? Sin hacerse mayores ilusiones llegó a la calle Malabia, donde Jimi vivía desde que le pagaron para que dejara su domicilio anterior, de Juncal y Bulnes. Con intención de pasar unos días se mudó a un hotel. Su buena estrella quiso que ahí también el propietario decidiera levantar un edificio nuevo y que para desalojar en el acto a los ocupantes los indemnizara. Jimi, el recién llegado, pidió más que nadie, indefinidamente fue quedándose y ahora estaba instalado en el caserón, que todavía ostentaba a la derecha de la puerta una placa negra y brillosa, donde se leía en doradas letras inglesas: *Hotel Nuevo Lucense.* Vivía con Jimi una sobrina desvaída, rubia y amatronada, Eulalia, sobre cuyas funciones en aquel hogar corrían conjeturas, ya que del grueso de la tarea doméstica se encargaba Leticia, la muchacha que dormía afuera: criatura de fisonomía a medio hacer, repulsiva ante todo por el cutis, que recordaba el de una momia.

El Nuevo Lucense originalmente había sido una casa de familia, de esas de principio de siglo, con la cocina y otras dependencias en el sótano. La cocina recibía luz por una ventana semicircular, abierta al ras de la vereda. Algo, que allá abajo se desplazaba contra el blanco de los mosaicos, atrajo su atención.

Se detuvo, se agachó, observó. Le pareció que una pareja bailaba por el sótano y que en su danza alternaba la tensa tiesura con el deslizamiento raudo, la sacudida con el zarandeo. Al rato descubrió que la mujer que se debatía abrazada era Leticia. La perseguía Jimi, irreconocible en su plétora de tenacidad y de urgencia. Presentaban ambos un aspecto descompuesto, con la ropa y el pelo desordenado. La visión inmovilizó a Vidal, encorvado frente a la ventana. Lo despertó de su estupor una voz desconocida e inmediata:

—Tal cual un perro prendido. El viejo inmundo merece escarmiento.

Se incorporó a medias. Desde lo alto le hablaba un joven estrecho, sin duda fanático y conminatorio. Instintivamente Vidal salió en defensa de su amigo.

—No exageremos —dijo.

—¿Usted opina eso? —preguntó el joven, como si lo emplazara.

Vidal atinó a decir:

—Yo no haría eso, pero si a él le gusta, es libre.

Más de una vez, en el trayecto a su casa, miró hacia atrás, para cerciorarse de que no lo seguían. La extraña racha de hoteles y de amoríos grotescos había concluido en una escena ambigua, que lo dejaba descontento. ¿Tenía algo que reprocharse? Por curiosidad estúpida había puesto en evidencia a un amigo y después no había mostrado decisión para defenderlo. Mientras deploraba esa falta de coraje, en la que no recaería, miró hacia atrás.

XII

Domingo, 29 de junio

—Hace una mañana muy linda —afirmó Néstor, al entrar en la pieza de Vidal—. Hoy no da ganas de quedarse en casa. ¿Querés ir con nosotros al fútbol?

—No creo, che. Sigue el frío.

—Aquí adentro, dirás. ¿Todavía no saliste?

—Fui al almacén y a la panadería. Iba tan distraído que solamente al volver me di cuenta que la ciudad tenía ese aire raro de los días de revolución. No es la simple calma del domingo.

—Con la diferencia de que ves policías por todos lados. Declararon que no permitirán incidentes. Animate, vamos al partido.

—Estuve pensando.

—¿Qué pensaste?

—Estupideces. Que estamos viejos. Que no hay lugar para los viejos, porque nada está previsto para ellos. Para nosotros. Mirá la novedad.

—Por lo pronto, no sos viejo. Además hay lugar para todos. La vida tiene atracciones…

—No sé, che. Si te asomás a Las Heras y ves a las mujeres jóvenes… Para eso no hay pobreza, el mundo es inagotable, todos los años produce nuevas camadas.

—Un espectáculo que estimula.

—Estás loco. Tenés que decirte que no son para vos. En cuanto las mirás demasiado, te convertís en un viejo repugnante.

Néstor lo observó con sus ojos de pollo, redondos, inexpresivos y declaró:

—Las mujeres no son todo.

—¿No serán todo, che?

—Yo diría que la vida es una sucesión de atracciones.

—Como un parque japonés —apuntó Vidal.

—Para cada una de las edades hay un encanto.

Se oyó un rugido. Apresuradamente Vidal replicó:

—En la vejez todo es triste y ridículo: hasta el miedo de morir.

—Yo te aconsejo que vengas al fútbol, para que se te cambien las ideas.

—Inútil. En cuanto me asome a Las Heras y vea las mujeres que pasan…

—¿Te confieso una cosa? De un tiempo a esta parte, me desinteresé de las mujeres.

Resonó otro rugido muy cerca.

—¿No digas? —comentó Vidal.

—Como lo oís. Francamente, no me llaman la atención. En una época, me acuerdo, ¡qué no hacía por salir si tenía programa!

—¿Y ahora te dejan indiferente?

—Por un completo.

—¿Por un completo? —repitió con burla Vidal.

Su amigo protestó con una sonrisa:

—Más o menos, che. En cambio he descubierto el encanto del dinero.

Vidal lo miró con alguna curiosidad, no exenta de admiración. Aunque lo conocía de muchos años, no lo creía capaz de pensar por sí mismo. Acaso Néstor no anduviera tan errado en su teoría: en este mundo siempre hay sorpresas.

—Voy a calentar el agua para el mate —dijo.

—Por mí, no. Se me hace tarde.

—No te vayas sin explicarme cómo descubriste el encanto del dinero.

—Enteramente por casualidad… Aunque estas cosas han de llegar siempre a su hora. La casualidad ha de ser un espejismo. ¿Lo conocés a Eladio, el del *garage*? Le iban a aplicar una multa por falta de higiene en las letrinas. El inspector era un amigo, y lo salvé. Me dijo que iba a pagarme la gauchada, que yo ganaría mucho dinero. Me resistí, porque vivíamos tranquilos con la Regina y no necesitábamos nada, pero me embarcó en la compra de un departamento a plazos.

—¿Un negocio inmobiliario como los de Rey?

—No sé cómo serán los de Rey. Lo que es yo, para hacer frente a las cuotas, debí privarme de los gastos extras. El rubro incluyó las escapadas con las amigas de Regina.

—¿Con las amigas de tu señora?

Resonó otro rugido.

—Te prevengo que en el cuarto de al lado tenés un león.

—Es el pobre Isidorito, que duerme.

—Las amigas de tu señora son las que primero se te ofrecen. Misterios de la naturaleza humana: por un lado perdí la afición a las mujeres. ¿La causa? Falta de práctica o, si preferís, falta de renovación. Por otro lado le tomé el gusto al capitalismo, quise aumentar el círculo de mis propiedades.

—¿Un departamento no te alcanzaba?

—Entré a pensar en lo que va a recibir Néstor, mi chico, después de pagado el impuesto sucesorio.

—Una idea francamente fúnebre —dijo Vidal, imitando a Jimi.

—Más bien, natural. Vos dirás que otro se dedicaría a vivir tranquilo, con el fruto de tanta privación. Yo, no bien hube pagado las cuotas, me lancé a la compra de un segundo departamento. En eso estoy, en plena fiebre. Hablando en serio, ¿por qué no te venís con nosotros a River?

—Pobre tu hijo. Ni que fuera niñero de viejos.

—¿Cuándo vas a entender que no sos viejo? Además, ¿te cuento una cosa? El chico me dijo que te invitara.

—¿A qué hora van?

—A las doce.

—Está bien. Si a las doce no llegué, no me esperen.

—Tratá de llegar. Te hace falta un cambio de panorama.

XIII

Isidorito seguía dormido. Menos por hambre que para dar tiempo a que el muchacho despertara, Vidal se preparó una merienda ligera: un huevo duro (dijo: «Al rato voy a sentir el dolorcito en el costado. Es la última novedad»), tostadas, un poco de queso Chubut, dulce de membrillo, un vasito de vino. Comió precipitadamente, se echó el poncho en los hombros, miró el reloj. Si no perdía un minuto los alcanzaría.

Cuando la vio en el zaguán pensó que Nélida no se endomingaba, como Antonia y las otras. Arreglada para salir estaba lindísima. Buscó palabras adecuadas para comunicar la observación, pero el temor de que ésta pareciera un piropo, lo llevó a hablar del tiempo, que seguía frío.

—Yo lo encuentro, qué sé yo, más templado —opinó Nélida.

—Será el veranito.

El encargado entró rengueando; afablemente saludó, y participó, siquiera de paso, en la conversación.

—Usted lo ha dicho. Este año San Juan llegó atrasado —afirmó.

—Lo que son las cosas —contestó Vidal—. Yo tengo helado el esqueleto.

Como si hablara solo, el otro replicó:

—El veranillo, buena porquería, calor húmedo, catarro, gripe.

Cuando el encargado se alejó, preguntó Vidal:

—A éste, ¿qué le sucede?

—¿Por qué?

—Es otra persona. Un poco torcido y hasta rengo, pero manso.

—Qué quiere, señor, lo molieron a palos.

—Por una vez habrán hecho justicia. ¿Lo amasijaron?

—En este propio zaguán. ¿No oyó el barullo?

—Sí, ahora me acuerdo. La otra mañana.

—Al mediodía.

—Al mediodía, el jueves. —Pensó que Nélida estaba demasiado linda para que él siguiera hablando del encargado, de modo que preguntó: —¿Qué hace, tan paqueta, en la puerta de calle?

Había querido decir una amabilidad, pero su torpeza la convirtió en pregunta impertinente. Nélida contestó:

—Espero a mi novio.

La frase estableció una distancia entre ellos. Vidal sonrió, la miró con ojos apenados, movió la cabeza, partió. Pensó que sería bastante absurdo que él, un hombre, se turbara por cortejar a una chiquilina, pero que se turbara por hablarle inocentemente no tenía perdón. Tratando de sobreponerse, miró en derredor como si buscara algo y en voz baja dijo: «No exageraba Néstor. Es una mañana espléndida». Caminó sorteando los tachos de basura que bordeaban la calle en dos largas filas paralelas. Si eran amigos de tantos años, ¿por qué tardó hasta hoy en conocer a Néstor? ¿Vivió distraídamente? «Desde luego no se me puede llamar curioso, y dicen que sin curiosidad no hay hallazgos, pero todos los curiosos y preguntones que he conocido son estúpidos». Néstor se había revelado como un hombre capaz de ver la verdad y de comunicarla con sencillez. Después de esa historia sobre el encanto del dinero, una especie de broma contra sí mismo, ¿cómo no quererlo? Se hablaba mucho de la soledad, pero entre amigos uno vivía acompañado.

Contra el cordón de la vereda, en la esquina, divisó un carrito de botellero, con su carga de botellas y diarios viejos. En la caja leyó la inscripción: *Cafisho de minas pobres.* Mientras plácidamente meditaba que por obra del ingenio ciudadano todo el pueblo se identifica y une, oyó en la pared de la izquierda, en lo alto, a una distancia no mayor de dos metros, lo que muy pronto interpretó como un estallido. Antes de reponerse de la momentánea perplejidad, vio cómo el hombre del carrito, sin provocación de su parte y con puntería notablemente mejorada, le arrojaba el segundo botellazo. Al estímulo del roce en la cara, si no del objeto, del aire desplazado, dirigió la mirada en busca de apoyo, a los tres o cuatro circunstantes fortuitos —el que se disponía a cruzar la calle y se detuvo, los que hablaban en la puerta de una casa de departamentos— y en ese tiempo brevísimo divisó en cada uno de ellos la empedernida expresión del cazador que se dispone a caer sobre la presa. Instintivamente giró sobre sí mismo y echó a correr. Sorprendido notó —porque en Sportivo Palermo, en sus mocedades, había descollado en las distancias cortas— que se fatigaba mucho y que progresaba con desesperante lentitud. Todo esto —el ataque, reputado gratuito, la fatiga, signo de una decadencia física insospechada, la lentitud de las piernas, que lo asustó casi tanto como el agresor— lo afectó visiblemente. Nélida, que todavía esperaba en la puerta, le tendió los brazos, para socorrerlo, y preguntó:

—¿Qué ocurre, Isidro?

De pronto concibió una duda. Su abatimiento, ¿guardaba relación con el hecho que lo determinó? Si lo explicaba, ¿cómo evitaría que Nélida pensara y tal vez dijera «No es para tanto»? Se vería en la situación de un chico que se llevó un susto, y ahora como un chico lo hacía valer, hasta que descubrieran la verdad. De un tiempo a esta parte, no era él mismo. Nunca había sido peleador, pero tampoco flojo. Por segunda vez en la semana volvía a la pieza auxiliado por esa muchacha. Estas cosas no pasaban antes. Callaría, ¿qué otro recurso le quedaba? Si Nélida preguntaba porfiadamente, ¿hasta cuándo podría callar? En proporción a la expectativa provocada, la revelación final perdería consistencia y el descrédito sería mayor.

Contra todas sus previsiones, Nélida no le hizo preguntas. Vidal la miró con gratitud. Comprendió sin embargo que esa falta de curiosidad obedecía probablemente a la certidumbre de que no había gran cosa que explicar. Tal vez por amor propio informó:

—Me atacaron a botellazos.

Sentada a su lado, en el borde de la cama, Nélida lo abrazaba y lo acariciaba. Vidal pensó: Porque me cree viejo, me mima como si yo fuera un chico.

XIV

La miraba de cerca. Fijaba los ojos en los labios, en detalles de la piel, en el cuello, en las manos que le parecían expresivas y misteriosas. De pronto creyó que no besarla era una privación intolerable. Se dijo: «Estoy loco». Recapacitó que si la besaba, estropearía toda la ternura que ella tan espontáneamente le prodigaba. Caería tal vez en un error que la desilusionaría, que lo exhibiría como individuo insensible, incapaz de interpretar correctamente una efusión de generosidad; como un hipócrita, que se finge bueno, mientras hierve de apetitos groseros; como un tonto que se atreve a expresarlos. Pensó: «Esto no me pasaba antes» (y se dijo que el comentario se le volvía habitual). «En una situación así yo era un hombre frente a una mujer; ahora…» ¿Y si ahora se equivocaba? ¿Si perdía, por su incorregible timidez, la mejor oportunidad? ¿Por qué no ver las cosas humildemente, no entender que Nélida y él…?

—¡Nélida! ¡Nélida! —resonó en el zaguán un vozarrón.

La muchacha se ruborizó. Vidal estuvo a punto de sugerir que saliera por el cuarto de al lado, pero felizmente no dijo nada, pues no tardó en comprender que la proposición era cobarde y estúpida, además de ofensiva para una chica orgullosa. Nélida se arreglaba el pelo, el vestido. Vidal reflexionó que si alguien los viera a ellos dos, difícilmente admitiría su explicación de los hechos, lo llamaría embustero y, por último, a lo mejor, bobo. Este pensamiento parecía contradecir los de un rato antes.

Sin mirarlo, con la cabeza en alto, Nélida abrió la puerta, se fue. Vidal trató de oír. Después de un silencio, la voz del hombre, afuera, preguntó:

—¿Dónde te metiste?

—No me grités —contestó la muchacha.

Se incorporó, dispuesto a salir en su defensa. Quedó inmóvil, escuchando, pero sólo oyó pasos que se alejaban. Cuando comprendió que la situación ya no estaba en sus manos, se tumbó en la cama. Como un hombre resignado a las frustraciones, apartó las ideas desagradables, para dormir. Despertó a los pocos minutos, bien dispuesto, con el ánimo renovado. Rebatiendo la inquietud sobre lo que pudiera ocurrirle a Nélida, se dijo: Los novios tan pronto pelean como se avienen. Se dirigió al fondo, esta vez con suerte, pues no encontró a nadie. De la canilla, que le mojaba la cara, bebió agua fresca: un deleite que se da sin retaceos. Después del episodio del botellero, probablemente la conducta más recomendable sería el encierro en el cuarto. ¿No leyó en alguna revista que por no quedarse en el cuarto los hombres tropiezan con las desgracias? Como también es verdad que la vida no espera a los rezagados, tomó la resolución de salir, de ir como cualquier tarde, a la plaza Las Heras, a reunirse con los amigos, en un banco, al sol.

XV

Con alegría divisó a Jimi. Inconfundible en su viejo sobretodo gris, con los dorados relumbrones de plancha, estaba sentado en uno de los bancos próximos al monumento. El sol le daba de lleno en la cara, rosada y afilada, cubierta de pelos blancos. Una cara de zorro que no se afeita todos los días. Como el zorro, parecía dormido, pero no se dejaba sorprender.

—Ahora uno está más seguro afuera que en su casa —comentó Jimi—. ¿Vos también lo descubriste?

El tono era de felicitación, ligeramente despectivo. Vidal lo miró con afecto, porque sabía que esas bromas más o menos injuriosas corresponderían a una manera de ser, a una idiosincrasia de Jimi, no necesariamente a su opinión sobre el interlocutor. Una vieja amistad es como una casa grande y cómoda, en que uno vive a gusto.

Tal vez porque había dejado atrás malos momentos —el ataque de que fue víctima, el odio de los testigos, la disparada a toda carrera, la prolongada escena con la muchacha, favorable en general, pero arruinada por una indecisión que sugería falta de coraje y por la frustrada terminación—, quizá porque todo eso quedaba atrás, más aún porque él se hallaba restablecido, dispuesto a olvidar los fracasos, a enfrentar lo que viniera, sintió una incontenible euforia manifestada en locuacidad. Como quien entona un himno antes del combate, dijo para sí unos versos, olvidados desde la infancia, que su padre solía recitar:

Qué me importan los desaires
con que me trate la suerte

y despreocupadamente preguntó:

—¿A qué no sabés qué me pasó ayer?

Refirió el episodio del hotel de citas. Jimi se mostró embelesado. Conteniendo apenas una risa apagada y convulsiva, que le mojaba de lágrimas la rojiza cara descompuesta, declaró:

—Mirá que son infames los viejos. El pobre Rey no se contenta con hacer porquerías. Quiere que lo miren.

—Es que no hizo porquerías.

—Ahí está lo bueno —exclamó Jimi, divertido—. Quiere rebajarse en público.

—¿Cómo va a querer semejante cosa?

—No sabés lo inmunda que es la debilidad de un viejo.

Vidal imaginó a Faber, al acecho de las muchachas, agazapado junto a las letrinas, a Rey besuqueando las manos de Tuna, a Jimi prendido como perro.

—Resultan grotescos, pero no hacen reír —comentó—. Más bien ofenden.

—A mí no me ofenden. La gente se ha puesto demasiado delicada. Yo encuentro que todo viejo se transforma en una caricatura. Es para morirse de risa.

—O de tristeza.

—¿Tristeza? ¿Por qué? ¿No será el miedito de entrar vos también en el corso?

—Quizá tengas razón.

—En el gran desfile de máscaras.

Vidal convino:

—Cada cual suministra de a poco su disfraz.

—Que sin embargo no le cae del todo bien —respondió Jimi, visiblemente estimulado por la colaboración del amigo—. Parece un disfraz alquilado. El paño sobra. Un espectáculo cómico.

—Horrible, che. Todo es humillación. Uno se resigna a ser deficiente, como los sinvergüenzas.

—A ser un asco. Una especie de molusco, temblando y babeando. Yo no creí que Rey llegara a eso. Tan majestuoso detrás de la registradora y nos ocultaba entretelones interesantes, el pozo negro…

—No es para tanto.

—¿Querés algo más triste? ¿La besuqueaba

con la angurria que pone para manotear el queso y el maní?

Impulsivamente Vidal contestó:

—O que vos ponés para prenderte de Leticia.

Sus palabras lo consternaron. Quería defender a Rey, no herir a Jimi.

No lo hirió. Jimi celebró esa contestación con una carcajada evidentemente alegre.

—Ah, ¿me viste desde la vereda? Me parecía que eras vos, pero no tuve tiempo de fijarme. No iba a permitir que la estúpida se me escapara de nuevo. Yo soy de la teoría de que no hay que perder la oportunidad. ¿Vos no?

—Hay oportunidades y oportunidades.

—Después te trabaja la duda.

—Con tu amiguita, no creo, che.

—¿Qué tiene mi amiguita, como decís? Todas las mujeres en el fondo son iguales y una como ésta no te trae lo que se llama el menor inconveniente.

—Bueno, che, con tu perdón, no es muy linda.

—Pienso en otra. Lo fundamental es que alguna te guste. Si por más que revuelvas en tu cabeza no encontrás una sola que te guste, alarmate de veras, porque entonces llegaste a viejo.

Siempre pasaba lo mismo. Usted lo creía vencido y antes de reaccionar estaba escuchándole consejos de profesor. Jimi era imbatible.

—A vos no te agarran sin perros —comentó Vidal.

Dijo la frase con afectuosa admiración. Le parecía que entre tanta gente dispuesta a ceder, Jimi era un pilar del mundo. Por lo menos del mundo suyo y de los amigos.

Como ya no calentaba el sol, emprendieron la vuelta a las casas. De pronto Jimi se puso a mirar un taxímetro que avanzaba lentamente por Canning.

—¿Vas a tomarlo?

El coche se detuvo a mitad de cuadra.

—¿Cómo creés? Observo, nomás, observo. Ésta no es una época para gente dormida. Apostaría que no te fijaste que al lado del chofer hay un vigilante.

Cruzaron la calle y se acercaron al automóvil. En el interior lloraba una vieja. Vidal preguntó:

—¿Qué habrá pasado?

—Mejor no meterse.

—Qué tristeza de mujer.

—Y qué fealdad. Yo no miro, no se embrome. Ha de traer mala suerte.

—Me voy —dijo Vidal.

Jimi le previno:

—Esta noche jugamos en lo de Rey.

«Tenía razón Jimi», pensó Vidal. «No debí mirar a esa vieja. Total ya sabía que la vida acaba en desconsuelo.»

XVI

Poco antes de llegar a Salguero, se encontró con su hijo.

—Mirá qué suerte —comentó.

—No sé si tanta. Para mí que no te compenetrás del clima.

Vidal pensó que la barrera entre las generaciones era infranqueable. Después recapacitó: «No hay tal barrera». La culpa de todo la tenía la doctora psicóloga, la señorita que oficiaba de confesora y oráculo del muchacho; o si no, Farrell y sus Jóvenes Turcos. Lo cierto es que ya se había resignado a no entender los galimatías que escuchaba a toda hora. Cambiando de tema, preguntó:

—¿Cómo fue el partido?

—Ni me hablés. La tesitura del equipo, floja. Me lo decía Crosta: La disciplina es un mito. Los muchachos hoy por hoy están en una línea económica: pesos y más pesos. Toda la semana meta chupar y mujeres; la víspera, preocupados, caen al gimnasio, revientan del todo y en la hora del cotejo, juegan como sonámbulos. Después preguntan la causa de que nuestro gran fútbol nacional sea la sombra de lo que fue.

—¿No era que los viejos no servían para nada?

—Absolutamente para nada. ¿Qué sabían ustedes de labor de equipo y planificación? No vas a comparar un fútbol egoísta, puro individualismo y firulete, con la científica planificación del partido, hasta el último detalle, hoy de rigor.

—¿Hubo desmanes?

—En la tribuna algún hecho aislado, de poca monta, pero por regla general, reinaron la cultura y el orden, al extremo de que la gente se aburría.

—Mirá, che, todos los días me olvido. Botafogo me pidió que te sondeara.

—¿Que me sondearas?

—Por la dentadura. Quiere saber si hay alguna esperanza de que se la devuelvan.

—¿Pretendés que saque la cara por él? La gente ha perdido la cabeza. Me veo en situación comprometida y mi propio padre quiere empujarme...

—¿Por qué es tan delicada tu situación?

—Esa pregunta es lo mejor que he oído. Para no preocuparte, no iba a decirte nada, pero, ¿sabés lo que me contaron?

—No.

—El camionero y su grupo se enteraron, no sé cómo, de que te escondí en el altillo. Parece que están furiosos.

Vidal no insistió para no cansar a su hijo, y, sobre todo, para no provocar una de esas explicaciones dogmáticas, tan perjudiciales a la armonía entre ellos. Caminaban hacia Paunero. Recordó una frase de una vecina, cuando Isidorito estaba todavía en la cuna: «Habrá que verlos un día, los dos paseando juntos, anchos de orgullo».

—No quiero molestarte, pero vos sabés lo cargoso y hasta prepotente que puede ser Botafogo.

—Que no se pase de vivo.

—No está solo. Cuenta con el sobrino, listo a jugarse por él.

Tomó la cara de Isidorito el color de un té en que se vuelca mucha leche. Los gruesos labios estirados hacia abajo, le conferían una expresión de abyecta ansiedad.

—Mirá, che —dijo—, vos tenés que comprender cuanto antes. Al fin y al cabo, en definitiva, ¿quién es la más probable víctima de todos estos grupos de presión? En lugar de traerme nuevas dificultades, por tu propio bien, aplicá la mejor diplomacia con unos y con otros y dejame tranquilo. La posición de un hombre como yo, en esta hora, no es envidiable.

—Está bien, pero si los Bogliolo, tío y sobrino, se nos echan encima…

—Mirá, todo el mundo está con las manos atadas. Ellos también. Antonia, la Petisa, que era una activista virulenta, ahora se da por bien servida si no llama la atención. El sobrino de Bogliolo, aunque sea por la Petisa, se va a contener.

—¿Qué le pasó a Antonia?

—Pero, che, ¿vos dónde vivís? ¿Ni siquiera sabés que doña Dalmacia ha contraído una arteriosclerosis galopante?

—Pobre mujer.

—Pobres las sobrinitas, querrás decir. La enfermedad, que trabaja de afuera para adentro, le anquilosó no sé qué centro de control, de modo que la señora, carente de toda inhibición, se ha convertido en un hombre, hecho y derecho. Si no le retiran las sobrinitas, las hace papilla. Un escándalo.

—No es manera de hablar de una señora que podría ser tu abuela.

—Para empezar, ¿quién te dijo que yo quiero una abuela? Después la señora se ha convertido en un bicho que está clamando para que lo exterminen. Y vos, ¿qué más querés? Mientras defienden su posición lo más probable es que te dejen tranquilo.

Cuando dobló por Paunero, Vidal sintió de pronto una íntima convicción de estar solo. Dirigió la vista al sitio que debía ocupar Isidorito; ahí no había nadie. Se volvió hacia la esquina. Isidorito se alejaba en dirección a Bulnes.

—¿No venís a casa? —gritó Vidal.

—Sí, ya voy, viejo. Hago una diligencia y voy —contestó quejumbrosamente el muchacho.

Vidal pensó que sin duda llega un momento en la vida en que, haga uno lo que haga, solamente aburre. Queda entonces una manera de recuperar el prestigio: morir. Ambiguamente agregó: Por tan poco tiempo no vale la pena.

Había llegado a su casa. El temor de que Bogliolo, recostado contra la puerta, lo hubiera sorprendido en su monólogo, lo indujo a saludarlo excesivamente:

—¿Qué se cuenta, señor Bogliolo? ¿Cómo le va?

El otro no contestó en seguida. Después dijo:

—No le extrañe si no le devuelvo el saludo. Yo, a un hombre que no me cumple un encargo, lo doy por muerto. Le digo más: le concedo la importancia que se da a una basura.

Vidal lo miró desde abajo, se encogió de hombros, caminó a la pieza. Cuando hubo cerrado la puerta se prometió a sí mismo que si alguna vez llegaba a ser un gigante, molería a palos a Bogliolo. Hacía frío en el cuarto. Pensó: «Qué raro. Hablábamos con Isidorito del individuo y a los pocos minutos lo encuentro». Se dijo que esos presagios, a lo mejor simples coincidencias, recuerdan que la vida, tan limitada y concreta para quien procura indicios del más allá, siempre puede envolvernos en pesadillas desagradablemente sobrenaturales. Puso a hervir el agua. Debía acordarse de hablar con Arévalo del tema de los presagios. En la juventud, a lo largo de interminables caminatas nocturnas, habían tenido famosas discusiones filosóficas; después, aparentemente, la vida los había cansado. Llevó la pavita y el mate, se acomodó en la mecedora, mateó y, ocasionalmente, se hamacó. Cerró los ojos. En la calle resonó una bocina como las que usaban los coches de antes. Cuando oyó a lo lejos el tranvía que después de la curva se balanceaba para tomar impulso y, con un quejido metálico, avanzaba acelerando, entendió que soñaba. Si no recordaba nada de lo que luego había ocurrido tenía alguna esperanza de que fuera el alba, de estar en su casa de la calle Paraguay y de que sus padres durmieran en el cuarto de al lado. Oyó un ladrido. Se dijo que era Vigilante, el perro, atado junto a la glicina del patio. Imaginó o soñó una conversación en que refería este sueño a Isidorito, que lo encontraba gracioso, por la presencia de anticuados tranvías y de automóviles cuyas bocinas emitían sonidos ridículos. Retrospectivamente resultaba difícil distinguir lo que había pensado de lo que había soñado. Creyó por primera vez entender por qué se decía que la vida es sueño: si uno vive bastante, los hechos de su vida, como los de un sueño, se vuelven incomunicables porque a nadie interesan. Las mismas personas, después de muertas, pasan a ser personajes de sueño para quien las sobrevive; se apagan en uno, se olvidan, como sueños que fueron convincentes, pero que nadie quiere oír. Hay padres que encuentran en sus hijos un auditorio bien dispuesto, de modo que en la crédula imaginación de algún chico los muertos recuperan un último eco de vida, que muy pronto se borra como si no hubieran existido nunca. Vidal se dijo que era afortunado porque todavía tenía a sus amigos Néstor, Jimi, Arévalo, Rey, Dante. En realidad debió de estar soñando, porque se sobresaltó cuando golpearon a la puerta. El cuarto se hallaba en tinieblas. Vidal se pasó una mano por el pelo, se ajustó la corbata, abrió. Vagamente entrevió a dos hombres.

XVII

Tras un instante de perplejidad, identificó a Eladio, el dueño del *garage*. El otro, que se mantenía algo rezagado, era un desconocido. Como si una vieja tradición de hospitalidad lo impulsara, Vidal preguntó:

—¿En qué los puedo servir, señores? Pasen, por favor. Pasen.

Eladio era un hombre de edad madura, más bien bajo, de rostro rasurado, de nariz mal centrada, de labios que manifestaban displicencia. Pronunciaba las eses como ese-haches, de una manera que sugería la acumulación de globitos de saliva entre los dientes. Contestó:

—No, gracias. Debemos volver junto a los amigos.

—No se queden en la puerta. Entren, por favor —insistió Vidal.

Los visitantes no entraron y él no se acordó de encender la luz. Creyó notar en la actitud de Eladio cierta reticencia que lo irritaba. Se preguntó qué hacía ahí el otro, el desconocido, quién era y por qué no se lo presentaban. El individuo se mantenía en la penumbra del patio. «Lo conozco o últimamente lo he visto en alguna parte», se dijo Vidal. No había duda de que Eladio estaba nervioso. Vidal pensó que si venían a molestarlo, por lo menos debían explicarle cuanto antes el motivo; lo habían despertado del sueño o de los recuerdos y ahora se comportaban en forma incomprensible. Iba a decirles de nuevo que pasaran, cuando vio que Eladio sonreía tímidamente. Tan inesperada le resultó esta sonrisa, que no pudo hablar. Le parecieron también inesperadas, por venir inmediatamente después de la sonrisa, las palabras que oyó:

—Ha pasado algo desagradable. No sé cómo decírselo. —Eladio sonrió con humildad y repitió: —Que no sé cómo decírselo. Por eso vine con este mozo, un ladero, como dicen ustedes, porque no sirvo para esto y no quise venir solo. Tan confuso estoy que ni siquiera le presenté a Paco. ¿Usted le conoce? Paco, el peón del hotel. No quiero pensar cómo se las arreglará el pobre Vilaseco, sin que nadie le ayude, para atender a su clientela. Ya me parece que le veo corriendo de una cama a otra…

—Mire, aunque sea desagradable, dígame qué pasó.

—Mataron a Néstor.

—No puede ser.

—Lo que oye. En la tribuna. Parece increíble.

—¿Dónde lo velan? —inquirió Vidal y se acordó de las burlas de Jimi, cuando él hizo, los otros días, la misma pregunta.

—No sé dónde le velarán, pero los amigos están en la casa, junto a la señora.

—¿Y el hijo?

—Ah, tanto no me pregunte. Andará por esos trámites de Dios, bueno, porque fue una muerte violenta. Quiero decirle, don Isidro, que me apena. Sé que ustedes eran grandes amigos. Yo le quería mucho a Néstor. Ahora nosotros nos vamos.

—Voy con ustedes. ¿Me esperan? Agarro el

ponchito y salimos. No sé, me parece que ha vuelto el frío.

Cuando cerraba con llave la puerta oyó unas risas del lado del zaguán. Allí estaban Nélida, Antonia y Bogliolo, que repentinamente callaron. Frente a ellos inclinó apenas la cabeza, y pensó que las muchachas, aun Bogliolo, seguramente comprendían y respetaban su dolor. Ese probable respeto le infundía un sentimiento parecido al orgullo. En la calle se le ocurrió una pregunta perturbadora: ¿Qué tenía que hacer Nélida con Bogliolo? Pensó que su amigo estaba muerto y que él ya empezaba a olvidarlo. En realidad este reproche era injusto, porque, en ese momento, la muerte de Néstor, como una fiebre, lo desdoblaba, alteraba las cosas al extremo que las amarillentas casas laterales lo agobiaban como el paredón de un presidio. Divisó a lo lejos tres o cuatro sucesivas hogueras, que ahondaban con su lumbre roja, cruzada de sombras, la perspectiva de la calle. Esa visión también lo acongojó.

A modo de explicación, Eladio dijo:

—San Pedro y San Pablo. Chicuelos y mayores retozan en las fogatas.

—Qué ánimo —contestó Vidal—. Parecen demonios.

XVIII

Los amigos, reunidos en el comedor de la casa de Néstor, alrededor de una estufa de querosén, conversaban animadamente y fumaban. Sobre la estufa había una cacerola con agua y hojas de eucaliptos. El reloj de la pared seguía detenido en las doce. Jimi leía en voz alta un diario. Todos callaron para recibir a los que llegaban. Alguien sacudió la cabeza y Rey preguntó melancólicamente:

—¿Qué me dices?

Vidal notó que Arévalo tenía un traje nuevo. Reflexionó: «Sin caspa. Acicalado. Voy a comentar esto con Jimi. Es un misterio». Se acordó de Néstor y preguntó:

—¿Cómo fue?

—Todavía no disponemos de elementos de juicio —respondió con empaque Rey.

—Ese charlatán de hijo no debió prestarse —afirmó Jimi.

—¿Qué dicen? —preguntó Dante.

—Sois testigos de que yo hice cuanto pude por disuadirle —declaró Rey—. Le llamé suicida.

Arévalo observó:

—El pobre creía que si iba con el hijo no le pasaba nada.

—Yo le llamé suicida —repitió Rey.

—Pobre muchacho —comentó Vidal—. ¡Qué cargo de conciencia!

—No creo que le quite el sueño —opinó Jimi.

—¿De quién hablan? —preguntó Dante. Rey contestó:

—Yo le llamé suicida.

Entró un señor calvo, plácido, voluminoso, de manos enormes, brillosas y aparentemente secas, de voz débil, suave. Explicaron que era un pariente de Néstor o de doña Regina. Cuando nombraron a la señora, Vidal preguntó:

—¿Dónde está?

Rey contestó majestuosamente:

—En sus aposentos.

—¿Puedo saludarla? —preguntó Vidal.

—La vecina la está acompañando —dijo Dante.

Vidal insistió:

—¿Puedo saludarla?

—Dejala —aconsejó Jimi, con impaciencia—. Total, nunca la viste.

—¿Qué leías? —preguntó Vidal.

Llegaron dos muchachos. Uno, en pleno desarrollo, estrecho, con la cara cubierta de granos. El otro, de escasa estatura, de cabeza muy redonda y ojos protuberantes que parecían mirar desde abajo, con mal reprimida curiosidad. Los muchachos saludaron de lejos, con nerviosos movimientos de cabeza, y se sentaron en el otro extremo del salón. «En el extremo frío», pensó Vidal. «Por suerte los viejos nos adueñamos del calentador. El olor combinado de eucalipto y querosén es olor a resfrío.» Se acordó de Néstor.

—¿Ves? —Jimi señaló a los jóvenes—. Esos tipos no me gustan.

—¿Qué leías?

—En *Última Hora*, el recuadro sobre *La guerra al cerdo*.

—¿La guerra al cerdo? —repitió Vidal.

—Yo pregunto —dijo Arévalo— ¿por qué *al cerdo*?

—Ese *al* me parece incorrecto —opinó Rey.

—No, hombre —protestó Arévalo—. Pregunto por qué ponen *cerdo*. Este pueblo no es consecuente en nada, ni siquiera en el uso de las palabras. Siempre dijimos *chancho*.

—Basta el capricho de un periodista y todo el país hablará de la guerra *al* cerdo —señaló Rey.

—No creas —advirtió Dante—. *Crítica* la llama *Cacería de búhos*.

—El búho me parece mejor. Es el símbolo de la filosofía —declaró Arévalo.

—Pero confiesen —dijo Jimi, señalando a Arévalo y a Rey— que ustedes dos prefieren que los llamen *chanchos*.

Se rieron. Apareció la vecina, con una bandeja y tacitas de café. Los reprendió:

—Compostura, señores. Olvidan que hay un difunto en la casa.

—¿Ya lo trajeron? —preguntó Vidal.

—Todavía no, pero es lo mismo —contestó la mujer—. ¿Gusta?

—Qué barbaridad —dijo Dante—. Lo trajeron y nosotros como si nada.

Mientras revolvía el café, Vidal preguntó a Jimi:

—Bueno, pero, ¿por qué búhos o chanchos?

—Vaya uno a saber.

—¿De dónde sacaron la idea? Dicen que los viejos —explicó Arévalo— son egoístas, materialistas, voraces, roñosos. Unos verdaderos chanchos.

—Tienen bastante razón —apuntó Jimi.

Dante le previno:

—Vamos a ver qué pensás cuando te agarren.

—Salí de ahí —contestó Jimi—. Yo no soy viejo. Todos me aseguran que estoy en la flor de la edad.

—Eso también me lo dicen a mí —aseguró Rey.

—Yo estoy cansado de oírlo —dijo Dante.

—No es igual —protestó, irritado, Jimi.

—Por algo los esquimales o lapones llevan a los viejos al campo para que se mueran de frío —dijo Arévalo—. Solamente con argumentos sentimentales puede uno defender a los viejos: lo que hicieron por nosotros, ellos tienen también un corazón y sufren, etcétera.

Jimi, que de nuevo se divertía, observó:

—Menos mal que los jóvenes no lo saben, si no pobres de nosotros. Yo creo que ni siquiera los activistas de los comités de la juventud…

—Lo grave —dijo el señor de las manos enormes— es que no necesitan buenas razones. Con las que tienen, se arreglan.

Entró un hombre delgado y pequeño, de cara en punta, como empuñadura de bastón. Preguntó:

—¿Ustedes saben cómo fue?

—Les doy mi opinión —anunció Arévalo—. Detrás de esta guerra contra los viejos no hay más que argumentos sentimentales en favor de la juventud.

—¿Ustedes saben cómo fue? —repitió el recién llegado—. Parece que lo tiraron al suelo y lo pisotearon subiendo y bajando la tribuna.

—Pobre Néstor, pisoteado por esas bestias —dijo Vidal.

Desde el otro extremo del salón, el muchacho alto anunció:

—Ahí llegan.

—Pues yo me voy a cuidar los intereses —declaró Eladio—. Que estemos o que no estemos, al pobre Néstor ya no le afecta.

Rey avisó a los amigos:

—Me debéis unos pesos. Encargué una corona, en nombre de todos.

—O es de oro macizo o te robaron —aseguró Dante, al pagar.

—¿No te decía, Isidro —preguntó Jimi, guiñando un ojo—, que están caras las coronas?

XIX

Después de tantos años de amistad, por primera vez entraba en el cuarto de Néstor. Vagamente miró retratos de personas desconocidas y pensó: «La intimidad que dejamos de lado no impidió que fuéramos amigos». Esta observación lo incitó a reflexionar sentenciosamente: «Hoy todo el mundo es íntimo; amigo, nadie». Una señora comentó:

—El pobrecito está desfigurado.

Cuando se enteró de la muerte de Néstor no se conmovió tanto como al oír ese diminutivo. «Lloro como un chico», pensó. «O como un zanguango. Qué vergüenza.»

Cerró los ojos. No quería que el último recuerdo del amigo fuera su cara de muerto. Se disponía a saludar a doña Regina, pero la encontró tan anonadada y tan vieja, que retiró la mano. Volvió al comedor.

—Te participo —dijo Arévalo— que el flaco ese estaba en la tribuna.

Vidal se acercó al muchacho de los granos.

—¿Usted vio cómo lo mataron?

—Ver, propiamente, no. Pero tengo mi versión, de más de un testigo presencial.

Vidal lo consideró con disgusto y preguntó:

—¿Es verdad que lo pisotearon?

—Qué lo van a pisotear, si estaba en lo alto de la tribuna… ¿Sabe cómo fue? El partido no empezaba, la gente se aburría, alguien propuso: ¿Tiramos un viejo? El segundo viejo que tiraron fue el señor Néstor.

—¿El hijo lo defendió?

—Si interpreto debidamente —dijo el de las manos enormes—, hay quien afirma que no lo defendió. ¿Digo bien?

El mocito asintió:

—Correcto. —Después agregó fríamente: —¿Quién no tiene un viejo en la familia? Eso no compromete a nadie. Pero están los que defienden a sus viejos.

Vidal notó que Jimi le tocaba el codo. El hombre de la cara en punta preguntó:

—¿Está seguro de que no lo pisotearon?

—¿Para qué lo van a pisotear —interrogó el muchacho— si cayó como un sapo?

—Jimi, vamos a otra parte —propuso Vidal—. Vamos a conversar con Rey. ¿Qué te parece esta muchachada?

—Te la regalo.

Vidal acercó las palmas de las manos al calentador.

—Un individuo que siente así, ¿para qué viene al velorio? —preguntó.

—¿Habláis del mozalbete? —preguntó Rey—. Con su compañero, que más parece un besugo, están aquí porque son la quinta columna.

Como si repentinamente despertara y oyera, Dante vaticinó:

—Los hechos se encargarán de confirmar mi teoría. Hagan de cuenta que estamos en la ratonera. A la primera señal de esos tipos, los cómplices, apostados en la calle, entran.

—¿Otra tacita? —ofreció la vecina.

—¿Dónde está el hijo de Néstor? —preguntó Vidal.

La mujer contestó:

—Los entregadores no se dejan ver.

Jimi comentó con sorna:

—No vas a poder saludarlo.

—Dicen que ahora —declaró Rey— fuera de su casa, uno está más seguro.

—Sí, porque en la casa hay que hacer de cuenta que uno está en la ratonera —reiteró Dante.

Rey explicó:

—Para mantener las apariencias, el gobierno ya no tolera el menor desmán en lugares públicos.

—El pobre Néstor quién sabe si opina así —acotó Jimi.

—Un hecho aislado —alegó Rey.

Una vez más Dante comparó las casas con ratoneras. El señor de las manos enormes, el de la cara en punta y Arévalo se arrimaron al grupo. Vidal observó que los dos muchachos estaban de nuevo solos. El señor de las manos grandes afirmó:

—Por fin el gobierno ha tomado cartas en el asunto. Se nota una actitud más firme. Las declaraciones del ministro me confortan. No sé, tienen altura, dignidad.

—Mucha dignidad —convino Arévalo—
pero están muertos de miedo.

—La verdad es que yo no envidio al gobierno
—reconoció el de las manos enormes—. Hágase
cargo: una situación por demás delicada. Si usted
no atrae a la oficialidad joven y a los conscriptos,
caemos en la anarquía. Un hecho aislado, de vez
en cuando, es el precio que debemos pagar.

—¿Qué les ha dado a éstos? Todos hablan de
hechos aislados —preguntó Arévalo.

Jimi explicó:

—Escucharon anoche el comunicado del mi-
nisterio. Decía que la situación estaba perfectamente controlada, salvo hechos aislados.

—¿Qué quieren? Yo noto ahora una tónica
más digna, que conforta —insistió el de las manos.

Llegaron de la florería con la corona. Dante
preguntó:

—¿Qué dice en la cinta?

—*Los muchachos* —contestó Rey—. A mi entender, todo está dicho en esas dos palabras.

—¿No se pensará que la mandaron los jóvenes? —inquirió Jimi.

—Bueno fuera —replicó Rey—. Ahora va a
resultar que nosotros no somos los muchachos.

El de la cara en punta explicaba:

—Algunos viejos no se cuidan lo más míni-
mo. Casi diría que provocan.

—Los que provocan son agentes provocadores,
pagados por los Jóvenes Turcos —aseguró Dante.

—¿Usted cree? —preguntó el de la cara en punta—. ¿Le habrán pagado al viejo que se propasó con las colegialas en Caballito?

El de las manos enormes alegó:

—Admitamos que últimamente cunde una ola de criminalidad senil. A diario leemos noticias al respecto.

Dante protestó:

—Infundios para agitar el ambiente.

—Hay que fijarse en lo que uno dice —Jimi susurró a Vidal—. ¿Vos conocés al de las manos grandes? Yo ni a ése ni al otro. A lo mejor son dos viejos vendidos, que están en la conjura de los mocitos. Apartémonos, vení.

—Cuando pienso que pude ir con Néstor a la cancha —comentó Vidal.

—De la que te salvaste —dijo Jimi.

—A lo mejor entre los dos nos defendíamos y a estas horas Néstor estaba vivo.

—A lo mejor teníamos velorio por partida doble.

—Yo no sabía que te interesara mayormente el fútbol —dijo Arévalo.

—No es que me interese —declaró Vidal, sintiéndose importante—, pero como el hijo de Néstor me mandó invitar…

—¿Te mandó invitar? —preguntó Arévalo.

—Uy —exclamó Jimi.

—¿Qué pasa? —preguntó Vidal.

—Nada —aseguró Jimi.

—¿No piensan que me tienen sindicado como viejo?

—Qué disparate —replicó Arévalo.

—Yo diría que no —convino Vidal— pero con los jóvenes de ahora no puede uno estar seguro. Si a un tipo de sesenta años lo llaman anciano…

—Peor son esas chicas —recordó Jimi, ya divertido con el tema— que te hablan del novio y te dicen: Es grande, cumplió treinta años.

—Esto no es broma. Contéstenme: ¿Piensan que estoy marcado?

Arévalo preguntó:

—¿Cómo se te ocurre?

—Pero si yo fuera vos, andaría con pies de plomo —aconsejó Jimi.

—Es claro —admitió Arévalo—. Por prudencia.

Vidal lo miró con incredulidad.

—Mejor que no te agarren desprevenido —argumentó Jimi.

—La pucha —murmuró Vidal—. Me duele la cabeza. ¿Nadie tiene una aspirina?

Rey dijo, incorporándose:

—Las ha de haber en la habitación de Néstor.

—No, hombre —Jimi lo contuvo—. Pueden traer mala suerte. ¿Se fijaron en esos muchachos? A cada rato miran para afuera.

—Parecen nerviosos —opinó Dante.

—Aburridos, nomás —afirmó Arévalo.

Vidal pensó: «Yo estoy nervioso». Le dolía la cabeza, el olor a querosén mezclado con eucalipto lo enfermaba. «No tengo pies de plomo, sino de hielo», se dijo. Para salvarlo de la mala suerte, Jimi lo privaba de la aspirina del finado. Evidentemente, a Jimi no le dolía la cabeza. Anheló ansiosamente estar afuera y solo, respirar el aire de la noche, caminar unas cuadras. «Con tal de que no me pregunten dónde voy. Con tal de que no me acompañen.» El señor de las manos grandes y el de la cara en punta (le habían dicho que uno u otro se llamaba Cuenca) nuevamente se acercaron al grupo. Vidal se levantó... Los amigos lo vieron partir, sin preguntarle nada: sin duda encontraron suficiente respuesta en la presencia de los desconocidos.

La calle estaba sumida en tinieblas. «Más oscura que hace un rato», se dijo. «Alguien se entretuvo en romper los faroles. O preparan una emboscada.» Mirando recelosamente las filas de árboles, estimó que detrás de los primeros troncos no había gente oculta y que a la altura del tercero o cuarto la noche se volvía impenetrable. Si avanzaba se exponía a una agresión que, aun prevista, llegaría repentinamente. Estuvo por volver adentro, pero sintió desconsuelo, y le faltó el ánimo. Recordó a Néstor. Se lamentó: «Cuando uno vive, se deja ir, distraído». Si reaccionaba, si despertaba de esa distracción, pensaría en Néstor, en la muerte, en personas y en cosas que desaparecieron, en sí mismo, en la vejez. Reflexionó: «Una gran tristeza da libertad». Indiferentemente avanzó por el centro de la calle, porque de todos modos no quería que lo sorprendieran. De pronto creyó entrever, un poco más adelante, una vaga forma, unas líneas cuya negrura era más intensa que la oscuridad de la noche. Interpretó: «Un tanque. No, debe de ser un camión». Se prendió una luz inmediata. Vidal no se volvió, tal vez no cerró los ojos; mantuvo la cara impávida, levantada. Cegado por ese torrente blanco, sintió un imprevisto júbilo, como si la posibilidad de una muerte tan luminosa lo exaltara como una victoria. Así estuvo unos instantes, ocupado nada más que por luz blanca, incapaz de pensar o de recordar, inmóvil. Luego los focos retrocedieron y en los haces aparecieron círculos con troncos de árboles y frentes de casas. Pudo ver el camión que se alejaba, cargado de gente silenciosa, amontonada contra barandas coloradas, con dibujos blancos. No sin orgullo recapacitó: «A lo mejor, si yo disparaba como una liebre, me atropellaban. A lo mejor no esperaban que hiciera frente». El aire de la noche, más alguna íntima satisfacción, lo aliviaron al extremo de que el dolor de cabeza ya no lo agobiaba. Precipitadamente pensó en términos militares: «Rechazado el enemigo, quedo en posesión del campo de batalla». Un poco avergonzado, trató de formular la idea más modestamente: «No me acobardé. Se han ido. Estoy solo». Aunque ahora volviera adentro, ya no se mostraría (ante nadie, ni siquiera ante sí mismo) apresurado en buscar protección. Como si le hubiera tomado el gusto al coraje, avanzó por la calle oscura, resuelto a no regresar antes de caminar tres cuadras. Pensó que toda esta demostración era un poco inútil ya que en el momento de volver inevitablemente sentiría que se ponía a salvo.

XX

Cuando vio que Jimi no estaba en el comedor, supuso que había ido adentro y se dijo que, no bien volviera, pasaría él. Evidentemente había estado un poco nervioso y afuera sintió frío. La gente seguía distribuida en dos grupos: los mayores, a la izquierda, rodeando el calentador, y los jóvenes, a la derecha. Se acercó a los jóvenes. El paseíto sin duda lo había ensoberbecido, pues dijo inmediatamente, como quien interpela:

—Lo que me fastidia en esta guerra al cerdo —se irritó porque sin querer llamó así a la persecución de los viejos— es el endiosamiento de la juventud. Están como locos porque son jóvenes. Qué estúpidos.

El muchacho bajo, de ojos protuberantes, convino:

—Una situación de escaso porvenir.

Tal vez porque no esperaba que le dieran

tan pronto la razón, Vidal pronunció palabras imprudentes.

—Contra los viejos —dijo— hay argumentos valederos.

Temeroso de que lo interrogaran —no estaba seguro de recordar esos argumentos y no quería dar armas al enemigo— trató de seguir hablando. El muchacho bajo lo interrumpió:

—Ya sé, ya sé —dijo.

—Usted sabrá, pero esos muchachitos revoltosos, verdaderos delincuentes, ¿qué saben? El mismo Arturo Farrell...

—Un agitador, le concedo, un charlatán.

—Lo triste es que no hay nada más detrás del movimiento. Absolutamente nada. La desolación.

—Ah no, señor. En ese punto se equivoca —dijo el muchacho.

—¿Usted cree? —preguntó Vidal y, acaso buscando ayuda, miró hacia donde estaba Arévalo.

—Me consta. Hay estudiosos. Detrás de todo esto hay mucho médico, mucho sociólogo, mucho planificador. En la más estricta reserva le digo: hay también gente de iglesia.

Vidal pensó: «Tenés cara de bagre». En voz alta, dijo:

—¿Y todas esas lumbreras no encontraron mejores argumentos?

—Por favor. La argumentación es mala, pero está perfectamente calculada para inflamar a la masa. Quieren una acción rápida y contundente.

Créame, las razones que mueven al comité central son otras. Le participo: muy otras.

—No diga —contestó Vidal y nuevamente miró en dirección a Arévalo.

El muchacho de los granos adujo:

—Cómo no. Por eso liquidaron, ustedes recuerdan, al gobernador que no mandó borrar del escudo provincial lo de *Gobernar es poblar*. Anda por ahí una segunda frasecita, no menos irresponsable, que ahora no recuerdo.

—Para mí —dijo el más bajo— la culpa directa recae en los médicos. Nos han llenado de viejos, sin alargar un día la vida humana.

—No te sigo —admitió el de los granos.

—¿Conocés a muchas personas de ciento veinte años? Yo, a ninguna.

—Es verdad: se limitaron a llenar el mundo de viejos prácticamente inservibles.

Vidal se acordó de la madre de Antonia.

—El viejo es la primera víctima del crecimiento de la población —afirmó el muchacho bajo—. La segunda me parece más importante: el individuo. Ustedes verán. La individualidad será un lujo prohibido para ricos y pobres.

—Todo esto, ¿no es un poco prematuro? —alegó Vidal—. Como si quisieran curarnos en salud.

—Usted lo ha dicho —contestó el muchacho de los granos—. Medicina preventiva.

Vidal argumentó:

—Aquí discutimos teorías y mientras tanto se cometen asesinatos. El pobre Néstor, sin ir más lejos.

—Horrible, pero siempre pasó lo mismo. Si me dieran voto en estas cosas, dejaría en paz a los viejos, que tienen conciencia, y organizaría la segunda degollación de los inocentes.

—Las pesadeces que oiríamos entonces —aseguró el de los granos—. Que se destruye lo positivo, que el niño es el futuro. ¿Te das cuenta cómo chillarían las madres?

—Por ésas no me preocupo. Saben perfectamente que no deben llamar la atención.

Por segunda vez en la noche, Vidal pensó que vivir es distraerse. Mientras atendía quién sabe qué miserias personales (ante todo la puntual observación de costumbres: el mate a sus horas, la siesta, la apresurada asistencia a la plaza Las Heras, para aprovechar el sol de la tarde, las partidas de truco en el café) habían ocurrido grandes cambios en el país. Esta juventud —el de los granos y el más bajo, que parecía inteligente— hablaba de tales cambios como de algo conocido y familiar. Acaso porque no había seguido el proceso, él ahora no entendía. «Quedé afuera», se dijo. «Ya estoy viejo o me dispongo a serlo».

XXI

No sin afabilidad el muchacho bajo interrogó:

—¿En qué está pensando, señor?

—En que estoy viejo —contestó Vidal.

Inmediatamente se preguntó si no insistía demasiado en las imprudencias. Acabaría por llevarse un disgusto.

—Discúlpeme —protestó el muchacho bajo—. En mi opinión lo que usted ha dicho es un disparate. Viejo, no. Yo lo situaría en la zona que ese charlatán de Farrell describe como tierra de nadie. No se lo puede llamar joven, pero viejo, decididamente, tampoco.

Vidal observó:

—La cosa es que uno de esos loquitos que andan sueltos no lo confunda a uno.

—Las confusiones yo diría que son improbables, aunque, no lo niego, posibles —admitió el bajo, para en seguida explicar—: Por la efervescencia de la hora.

Vidal volvió a desanimarse y añoró la anterior ignorancia de la situación. Su diálogo con los muchachos le pareció un despreciable intento de congraciarlos. Murmuró:

—Permítanme.

Para estar más cómodo se pasó al grupo de los amigos.

Enfáticamente, Rey afirmaba:

—Ya veremos al gobierno en la hora de la verdad. Cuando pague lo que debe.

—Acordate que esa hora se hará esperar —previno Arévalo—. Aunque restablezcan el orden, no van a pagarnos.

—¿Dónde está Jimi? —preguntó Vidal.

—No interrumpás —dijo Dante, que sin duda no había oído—. Tratamos temas de interés. La pensión.

—El gobierno no se va a resolver a pagarla —insistió Arévalo.

—Reconozcamos —pidió el de las manos grandes— que para dar la orden de pago hace falta mucho coraje. Una medida impopular, lógicamente resistida.

—El cumplimiento de las obligaciones, ¿no importa? —inquirió Rey.

El de la cara en punta aseguró:

—En estos días he oído hablar de un plan compensatorio: el ofrecimiento, a la gente anciana, de tierras en el Sur.

—Digan lisa y llanamente que deportarán en masa a los viejos —replicó Dante.

—Como carne de cañón —aseveró Rey.

—Para taponar posibles infiltraciones de nuestros hermanos chilenos —añadió Arévalo.

—¿Dónde está Jimi? —preguntó Vidal.

—¿Cómo? —preguntó Arévalo—. Salió a buscarte. ¿No se encontraron?

Vidal preguntó:

—¿No habrá ido al baño?

—Yo le vi salir —refirió Rey—. Por esa puerta. Dijo que iba a buscarte.

—Jimi es como el zorro —explicó Dante—. No aguanta mucho estas reuniones y en la primera de cambio se retira a casa, a la cucha.

—Dijo que iba a buscarte —repitió Rey.

—Yo no lo he visto —aclaró Vidal.

Dante insistió:

—Es como el zorro: se fue a su casa, a la cucha. No es de ayer que lo conocemos.

—Al pobre Néstor también lo conocíamos de toda la vida —replicó Arévalo—. Voy a ver si Jimi está en su casa.

—Te acompaño —dijo Rey.

—Parece que ya se dieran el pésame —comentó risueñamente el de la cara en punta—. Yo no me molestaría: vuelve en cualquier momento.

—Voy yo. Salió a buscarme, así que voy yo —dijo Vidal.

—Bueno —convino Arévalo—. Vamos los dos.

Arévalo se puso el impermeable y Vidal se arrebujó en el poncho. Se detuvieron un instante en el umbral de la puerta, escrutaron la oscuridad, salieron.

—No es que uno tenga miedo —explicó Vidal— pero una sorpresa resulta desagradable.

—Cuando la estás esperando es peor. Además no quiero dejarles a esos cretinos la iniciativa de mi muerte. Te confieso que una enfermedad tampoco me tienta. Y si te pegás un balazo o te tirás por la ventana ha de haber un sacudón molesto.

Si te dormís con pastillitas y querés despertar, ¿qué tal?

—No sigas, porque todavía vas a optar por los cretinos; pero esos dos me decían que no estamos sindicados como viejos.

—Entonces no son tan cretinos. Descubrieron que ningún viejo se tiene por viejo. ¿Y vos les creíste? Nos hacen tomar confianza, para que no demos trabajo.

—¿Te parece muy mal que me exponga?

—No entiendo —contestó Arévalo.

—Estos árboles, en lo oscuro, son tan aparentes. La verdad es que yo haría un triste papel si me atacaran ahora.

Vidal orinaba contra un árbol. Arévalo siguió el ejemplo y comentó:

—Es el frío. El frío y los años. Una de las más constantes ocupaciones de nuestra vida.

Con mejor ánimo prosiguieron el camino.

—Uno de los muchachos me explicaba… —dijo Vidal.

—¿El de los granos?

—No, el más petiso, el de la cara de bagre.

—Tanto da.

—Me explicaba que detrás de esta guerra al cerdo hay buenas razones.

—¿Y vos le creíste? —preguntó Arévalo—. La gente no mata por buenas razones.

—Hablaron del crecimiento de la población y de que el número de viejos inútiles aumenta siempre.

—La gente mata por estupideces o por miedo.

—Sin embargo, el problema de los viejos inútiles no es una fantasía. Acordate de la madre de Antonia, la señora que llaman el Soldadote.

Arévalo no escuchaba; en tono machacón declaró:

—En esta guerra los chicos matan por odio contra el viejo que van a ser. Un odio bastante asustado…

Como hacía frío apresuraron el paso. Para evitar las hogueras —diríase que tácitamente se habían puesto de acuerdo— rodearon manzanas y caminaron centenares de metros de más.

Llegaron a una zona donde los faroles no estaban rotos.

—Con luz —manifestó Vidal— la guerra al cerdo parece increíble.

Cuando iban llegando a la casa de Jimi, Arévalo observó:

—Aquí todo el mundo duerme.

Vanamente buscaron en las ventanas alguna hendija iluminada.

—¿Llamamos? —preguntó Vidal.

—Llamemos —dijo Arévalo.

Vidal apretó el timbre. Desde el fondo de la casa la campanilla retumbó en la noche. Esperaron. Después de unos instantes, Vidal preguntó:

—¿Qué hacemos?

—Llamá otra vez.

De nuevo Vidal apretó el timbre y de nuevo retumbó el estridente campanillazo.

—¿Y si tiene razón Dante y está durmiendo? —preguntó Vidal.

—Un papelón. Quedamos como el par de alarmistas que somos.

—Claro, que si le pasó algo…

—No le pasó nada. Está durmiendo. Es un viejo zorro.

—¿Vos creés?

—Sí. Vámonos para no quedar como alarmistas.

A lo lejos ardía una fogata. Vidal recordó un cuadro, que había visto cuando era chico, de Orfeo, o de un diablo, envuelto en las llamas del infierno, tocando el violín.

—Qué estupidez —dijo.

—¿Qué?

—Nada. Las fogatas. Todo.

XXII

Cuando volvieron a la casa de Néstor, notaron que los amigos parecían preocupados. Arévalo susurró:

—Aquí ha pasado algo.

—Es que llegó ése —explicó Vidal, señalando al sobrino de Bogliolo.

Pensó: «Toda persona que llega renueva la tristeza. Lo he comprobado. Los que ya están en el velorio aceptan la ley de las cosas: la vida sigue, no hay más remedio que distraerse; pero los recién venidos ponen en evidencia al muerto».

Como si despertara oyó las palabras que articulaba Dante:

—Dicen que lo secuestraron a Jimi.

—¿Quién dice? —preguntó Arévalo.

—En círculos juveniles —afirmó el sobrino de Bogliolo— corre la voz.

Rey emitió una suerte de bramido sordo, se congestionó visiblemente, resopló. «Enojado este hombre debe convertirse en una bestia, en un verdadero toro», reflexionó Vidal y en seguida pasó a lamentarse por lo indecisos que Arévalo y él se habían mostrado. No debieron volver sin averiguar si Jimi estaba en casa. Comentó:

—No insistimos bastante, che. Apenas llamamos dos veces.

—Si hubieran insistido —argumentó Dante—, y averiguaban que no estaba Jimi, no hubieran ganado mucho: agitar a las mujeres.

—Uno debe saber a qué atenerse —replicó Vidal.

—El pobre dijo que iba a buscarte —explicó Rey—. Salió por esa puerta. Ya no volvimos a verle.

Vidal llevó a un extremo del salón al sobrino de Bogliolo y con firmeza le dijo:

—Le hablo confidencialmente. Si es verdad que lo agarraron a Jimi, trate de ver a los secuestradores y por favor dígales que lo suelten. Cuando protesten, les dice que se entiendan conmigo.

—Señor, ¿cómo puedo contactarlos? —preguntó el sobrino, en tono gemebundo.

Vidal pensó: «¿Me dejé llevar por un impulso? Algo tenía que hacer por Jimi. Los otros días me quedo como un sonso mirando por esa ventana y lo pongo en evidencia. Ahora salgo para alardear coraje y lo secuestran».

Volvió con los amigos. Imponente en su enojo, Rey mascullaba algo contra el hijo de Néstor y el sobrino de Bogliolo.

—¿Cómo? —inquirió Dante, con una sonrisa—. ¿Cómo decís?

—La verdad es que resulta sospechoso —convino Arévalo—. Los círculos juveniles lo informaron demasiado ligero.

Vidal recordó el orgullo de Néstor por su hijo. Después pensó en Isidorito; se preguntó si estaría enterado de los últimos atropellos y si tendría el valor de no aprobarlos.

Rey aseguró:

—Nuestra pasividad peca de indigna. Si he de morir, que me quede el consuelo de haber despanzurrado a tres o cuatro. Le dicen a ése que le llaman de adentro y le llevan al servicio.

—¿Y una vez que lo tiene ahí? —preguntó el de las manos enormes.

—Pues nada, que le acogoto —contestó Rey.

—¿No será una barbaridad? —interrogó el de la cara en punta.

—Es como si hubiera un acuerdo tácito —observó Arévalo—. Una mitad de la sociedad puede desmandarse, la otra no. Siempre fue así.

Rey declaró:

—Yo no comulgo con eso. Como ganas no me faltan ni fuerzas tampoco, gracias a Dios, me daré el gusto de escarmentar a uno de estos gallardos mozalbetes… pero —exhaló un ronco gemido— ¡se nos escapó el pajarraco!

Todos miraron hacia la puerta y vieron cómo el sobrino de Bogliolo saludaba y se iba. Vidal se preguntó si debía alegrarse. Nuevamente apareció la vecina, con la bandeja del café.

—Señora —la interpeló Dante—, ¿no podría usted explicarnos en qué se basa para afirmar que el entregador de Néstor fue el propio hijo?

—No diga lo que no es —protestó la mujer—. Yo no acuso a nadie y no me gusta que me acusen.

Arévalo limpió el cristal de sus lentes y comentó con voz asmática:

—El miedo no es sonso. Uno de estos jovencitos le habrá dicho que si vuelve a hablar le rompe el alma a patadas.

—Amedrentan, matan —observó Rey— y nosotros nos cruzamos de brazos.

Vidal oyó un zumbido de motor, un chirrido de frenos.

—Hay otra posibilidad —opinó Arévalo—. Que la vieja astuta huela en el aire un cambio para peor.

—¿No será más bien que ante las preguntas directas la señora, cómo diré, se apabulló? —inquirió el de las manos enormes—. En los exámenes ocurre.

—Che, che, che —susurró el de la cara en punta—. No miren. Traten de conversar, como si nada.

Vidal miró: habían irrumpido en el comedor cuatro muchachos. No sólo miró, sostuvo (tal vez porque no comprendió inmediatamente lo que sucedía) la mirada de uno que parecía el jefe. Al cabo de algunos instantes de muda confrontación, el individuo se acercó al muchacho bajo y al de los granos; cuando los otros lo siguieron en tropel, los pasos resonaron estrepitosamente: hasta entonces la gente en esa casa había caminado en puntas de pie y hablado en murmullos. El reloj de péndulo echó a andar. Como si padeciera de afonía, comentó el de las manos enormes:

—No pueden negar lo que son.

—¿Qué son? —preguntó Dante, con inquietud.

—Unos guarangos que no respetan la casa mortuoria —explicó el de las manos.

—Guarangos y descomedidos —afirmó en un hilo de voz el de la cara en punta.

Agitadamente los recién llegados, el bajo y el de los granos discutían. De vez en cuando dirigían alguna mirada al grupo de los mayores o sin mirar los apuntaban con el dedo. El péndulo del reloj aumentaba la expectativa.

—De aquí a la puerta calculo cuatro o cinco pasos —dijo el de la cara en punta.

—Una vez afuera estamos a salvo —afirmó el de las manos enormes.

Rey amenazó:

—Quietos o les tumbo.

Con la indiferencia de un lejano espectador, Vidal seguía los hechos. «Dentro de un rato me entrará el miedo», pensó, para en seguida preguntarse qué llegaría antes, el miedo o la agresión.

La agresión no llegó. Tan intempestivamente como habían venido, los cuatro muchachos partieron. Porque no querían confesar la ansiedad que pasaron, los amigos no se movieron de donde estaban. Afuera se puso en marcha y se alejó un automóvil. Arévalo fue el primero en abordar al otro grupo.

—¿Querían achurarnos? —preguntó.

—No sería para tanto —dijo el muchacho bajo—. Pero por ahí andaba la cosa.

—Nadie da la cara. Él y yo dimos la cara —explicó el muchacho de los granos.

—Por el señor Néstor, que fue un padre para nosotros —reconoció el más bajo.

—Hicimos ver que el grupo ya pagó su cuota en la persona del señor Néstor —aclaró el otro.

—Que fue un padre para ustedes —apuntó Arévalo.

—La verdad —observó agresivamente Vidal— es que en este país nadie quiere efusión de sangre. Solamente la mala suerte explica las desgracias, porque todos aprovechamos el primer pretexto para retirarnos.

—De eso yo no me quejaría —dijo Arévalo.

—No crea, señor Vidal —dijo el más bajo—. Porfiaron que el señor —señaló a Dante— y que el señor —señaló a Rey— entraban perfectamente en la categoría de viejos.

—Su abuela —dijo Dante.

—Querían llevárselos —afirmó el más bajo.

—A dar un paseíto. Hicimos notar que el señor no luce una sola cana y que el señor se mantiene vigoroso —dijo el de los granos.

—¿No les dije que estábamos en una ratonera? —preguntó Dante—. ¿Querían llevarme? ¿Para qué? ¿Para pegarme cuatro tiros? La gente está loca. Descubrir tanto odio, en mis propios compatriotas, les juro, me entristece.

—Ésta es la juventud, que debía pensar por sí misma —adujo Arévalo—. Piensa y actúa como una manada.

—Te equivocas —declaró Rey—. Como una piara. Una piara de cerdos.

—Pero —interrogó el de las manos enormes— ¿los cerdos no somos nosotros?

—Ya no hay lugar para individuos —aseguró flemáticamente Arévalo—. Sólo hay muchos animales, que nacen, se reproducen y mueren. La conciencia es la característica de algunos, como de otros las alas o los cuernos.

El miedo y quizá el enojo los estimulaba. Dante dijo:

—Es horrible. Siempre hay más gente, aunque ya no queda sitio. Todos pelean, unos contra otros. ¿No estaremos en vísperas de una gran hecatombe?

—¿No sentís que el alma y la ilusión de inmortalidad hoy parecen preocupaciones de aldea? Se pasó de la aldea al enjambre —reflexionó Arévalo.

—Para donde extiendan la vista —continuó Dante— encontrarán maldad y orden subvertido. Sin ir más lejos, ¿qué me dicen de la manera de vestirse de las mujeres? ¿No es el acabóse? ¿No estaremos en vísperas del fin del mundo?

Vidal había seguido el diálogo con interés. De pronto se impacientó y se fue a mirar a Néstor. «Era un deber», pensó, y luego: «Con los ojos cerrados no tiene cara de pollo. Está muy bien, el pobrecito». A poco de dicho *pobrecito*, sintió lágrimas en la cara.

XXIII

Lunes, 30 de junio

Tiesamente sentado, Vidal se restregó los ojos y miró a su alrededor. Una fría luz blancuzca entraba en el salón, proyectando sombras que destacaban la quietud de las cosas. Amanecía. Al impasible péndulo se mezclaban el murmullo de la conversación de los dos muchachos y los ronquidos de Rey, que dormía con la boca despectivamente abierta. Arévalo fumaba ensimismado y Dante, adormecido, parecía feliz. Por todas partes había un ligero desorden, con cigarrillos aplastados y ceniza volcada. Ocasionales recuerdos de Néstor, que ya señalaban la presencia del olvido, añadían remordimiento al cansancio. De esas memorias pasó a otras, de los últimos días de su padre. Lo recordaba, tan cercano y ya tan fuera de alcance, en el miedo y el dolor de la muerte. Cada cual está en sí mismo y nada puede por el prójimo. Vidal sintió una desolada certidumbre acerca de la inutilidad de todo. ¿Qué era ese afán de hablar, pura vanidad, que les había dado esa noche? Entre ellos de antemano sabían lo que uno u otro iba a decir. Pensó que hablar así, en el velorio de un amigo, constituía una culpa repugnante y que ahora él seguía hablando. Parecía ayer cuando llevaban una existencia despreocupada; de improviso, la condición misma de la vida se había vuelto intolerable. Lo acometió el anhelo de huir. Por segunda o tercera vez en las últimas horas quiso estar afuera. De todo acto cabían repeticiones aquella noche.

La meditación, imperceptiblemente, debió de convertirse en sueño, porque de pronto Vidal miró a la vieja que lloraba en un taxi frente a la plaza Las Heras, creyó que por haber él mirado esa cara desconsolada, Néstor había muerto, y con sobresalto notó la presencia de un individuo demasiado blanco, tal vez recubierto de harina, que lo contemplaba con afabilidad y le ofrecía un envoltorio. Era un peón de la cuadra de Rey, que traía medialunas frescas y galletas de grasa para el desayuno y que sin duda no se atrevía a despertar a su patrón. Éste despertó de buen ánimo, se mostró alborozado, invitó a los amigos a que pasaran a la cocina, a preparar el café con leche.

—¿Qué tendrá este día? —comentó Dante—. Estamos contentos, ¿no es verdad?

Vidal preguntó:

—¿Se puede saber por qué?

—Es muy sencillo, aunque a lo mejor vos no lo entendés —explicó Dante—. Soñé que Excursionistas ganaba un partido bárbaro.

Rey insistió:

—Pasen a la cocina, señores. Hay que preparar el desayuno.

—Total —observó Dante, con sonrisa de travesura— después de tanto tiempo, hemos adquirido los derechos del dueño de casa.

Vidal pensó que los sentidos deteriorados forman una caparazón que recubre a los viejos.

Jovialmente lo alentó Rey:

—A comer se ha dicho.

Como si tuviera la intención de seguirlos después, Vidal quedó rezagado. Cuando se fueron, se dirigió a la puerta de calle y salió. Era de día. Tras caminar una cuadra notó que el poncho, sobre los hombros, le molestaba. Había, pues, llegado finalmente el veranillo de San Juan. Más allá de los restos humeantes de una fogata, de puerta en puerta un diarero dejaba diarios. Para comprarle uno, Vidal metió la mano en el bolsillo, pero el hombre le avisó:

—No, abuelo. Para vos no tengo.

Vidal se preguntó si todos los diarios estaban reservados para clientes o si a él se los negaban, por viejo.

En la casa de Jimi seguían cerradas las persianas. Llamó. Aunque se dijo que era absurdo, la verdad es que estaba molesto. Debía apartar la idea de que todos en la calle —primero un lechero, después el vigilante y ahora la mujer que fregaba el zaguán de enfrente— lo miraban con una mal disimulada mezcla de asombro y hostilidad. Por fin se entreabrió la puerta y Leticia, la criada, asomó su minúscula cabeza. Vidal preguntó:

—¿Está Jimi?

—No sé. ¿Qué hora es? El señor a estas horas descansa.

La muchacha lo miraba con ojitos redondos, muy encimados a la nariz. Para mostrar que era amigo de la casa, Vidal comentó:

—Yo creía que usted venía por horas.

—Desde ayer tengo cama adentro —contestó Leticia, con evidente satisfacción.

—¿Se enteró de los tumultos de anoche? Sería

una gran tranquilidad para todos sus amigos que Jimi estuviera en casa. Por favor, no lo despierte. Si puede, fíjese.

La muchacha se disponía a dejarlo afuera, pero como si hubiera recapacitado le franqueó la entrada. Por la escalerita de la izquierda, bajaron al sótano donde el día antes había sorprendido las corridas que tanto le llamaron la atención.

—¿Me espera? —dijo la muchacha—. Ya vengo.

Vidal pensó: «Ojalá que esté. No aguanto más desgracias». En los hechos de la vida, que habitualmente el desordenado azar repartía con equidad, por primera vez creía descubrir un designio; desde luego, éste era adverso. Al rato Leticia reapareció. Demasiado impaciente para esperar la respuesta, Vidal la miró en los ojos. La muchacha sonrió. Por último dijo:

—Está la sobrina sola. No la desperté.

—Entonces, ¿Jimi no está?

—Si quiere la llamo a la sobrina y le pregunta.

—No, de ningún modo.

La muchacha sonrió como si entendiera y miró fijamente a Vidal.

—¿Gusta unos mates?

—No, no, gracias —precipitadamente respondió.

Aunque subió lentamente los escalones le pareció que estaba corriendo. Cuando abrió la puerta para salir oyó, abajo, una respiración entrecortada, seguida de algo que primero interpretó como sollozo y después como risa.

XXIV

Ajustó la corbata, acomodó el ponchito sobre los hombros y caminó con despreocupado aplomo. Pensó: «Qué pronto la pervirtieron. No, habría que decirlo de otra manera: ayer la corrían, hoy me corre». Deploró que tales miserias lo ocuparan cuando acababa de recibir indicios fehacientes —empleó estas mismas palabras— de que algo le había ocurrido a Jimi. En seguida se representó a la muchacha adelantando su doble manojo de dedos gordos y paspados. Alguien, acaso Jimi, más probablemente Arévalo, había dicho que alguna fealdad extrema podía resultar estimulante para el amor, que necesitaba de muy poco para convertirse en locura. Trató de imaginar a la muchacha como quizá pudo verla. Sintió gran debilidad, un desmayo que amagaba. «Qué vergüenza», murmuró. Se acordó de que no comía desde quién sabe cuándo y se dirigió a la panadería. Se dijo que debió aceptar los mates de Leticia, aunque tal vez no hubiera sólo mates en el ofrecimiento. No bien llegara a su casa calentaría el agua: cuatro o cinco mates y unos bocados de pan remediarían esa languidez inoportuna. Le parecía que lejos del velorio estaba en falta. No había clientes en la panadería cuando entró: únicamente las hijas de Rey. Omitió el saludo (por cortedad nomás) y pidió:

—Seis felipes, cuatro medialunas y una tortita guaranga.

—¿El viejo quedó en el velorio? —preguntó una de las hijas.

—Para que los maten a todos juntos —contestó otra.

Quizá porque estaba cansado se acongojó. Creyó que le faltarían fuerzas e ilusión para aguantar la vida. La amistad era indiferente, el amor bajo y desleal y sólo se daba con plenitud el odio. Se había cuidado y seguiría cuidándose de los ataques de los jóvenes (al respecto no cabían dudas), pero al llegar a la calle Paunero entrevió, como una solución que valía la pena no descartar, su propia mano, provista de un revólver imaginario, que apuntaba a la sien. Esta visión, que a lo mejor no era más que un juego de su momentánea angustia, lo llevó a protestar contra todo, y particularmente contra sí mismo, porque primero defendía a cualquier precio lo que después quería romper.

Madelón, que estaba lavando la vereda frente al taller de tapicería, con un ademán le pidió que la esperara; entró el cepillo y el balde, cerró la puerta, cruzó. Vidal consideró que si llevaba mucho tiempo lo que Madelón tenía que decirle, se desmayaría. Ya no podía postergar el pan y el mate.

—Necesito hablarte —anunció la mujer—.

Es muy importante. No quiero que nos vean juntos. ¿Puedo acompañarte a la pieza?

Entraron. Vidal se disponía a dejar sobre la mesa de luz el paquete, cuando pensó que si la convidaba, decorosamente podía comer en seguida un pedazo de pan. Entreabrió el papel y ofreció:

—¿Querés?

—¿En estos momentos? ¿Cómo se te ocurre? —protestó Madelón y se puso a llorar.

—¿Qué pasa? —preguntó Vidal, con un gemido.

Lo tomó de las manos (las de ella estaban mojadas), lo apretó contra su cuerpo. Vidal identificó olores a jabón amarillo, a lavandina, a ropa, a pelo. Oyó:

—¡Mi querido!

Advirtió el aliento y pensó: «Todavía no ha desayunado». Mientras lo abrazaban vio de cerca piel amarillenta y sudada, lunares, uñas cortas, recubiertas de una gruesa capa de barniz colorado. Con algún orgullo se dijo que Nélida lo incapacitaba para Madelón. Con el pretexto de hablarle, la apartó de sí. Preguntó:

—¿Qué pasa?

—Tengo que decirte algo muy importante —repitió mientras vigorosamente lo estrechaba.

En postura incómoda, casi dolorosa, porque un duro antebrazo le apretaba el cuello y le imponía una ligera inclinación oblicua, se preguntó por qué esa mañana lo buscaban las mujeres. Se le ofrecían cuando estaba más triste, peor dispuesto, ¿no debía interpretar el hecho como una prueba del carácter antagónico de las cosas? Otra explicación posible (y menos pesimista) sería que todo se da en rachas. En seguida se preguntó si realmente Madelón se le ofrecía o si quería decirle algo. Como si lo hubiera oído, la mujer explicó:

—Huguito me dijo que su sobrino, que es un chico que está en todo, le dijo… ¡Ay! No puedo creerlo.

—¿Qué le dijo? —preguntó Vidal, disimulando apenas la irritación.

—Le dijo que estás marcado y que sos la próxima víctima.

Sintió un violento despecho contra la mujer, como si fuera culpable de lo que anunciaba. La reputó muy estúpida por suponer que, informado de esa noticia, tendría ganas de abrazarla. Mientras pensaba esto notó que lo apretaba, con particular ahínco, debajo de la cintura. Objetivamente, pero también con la zozobra de quien no ignora que en cualquier momento se verá envuelto en la acción, Vidal se preguntó qué sucedería después, qué podía hacer con esa mujer que jadeaba entre sus brazos. Porque no olvidaba a la Madelón de antes y porque era naturalmente compasivo, no quería rechazarla, pero se preguntó si en tal situación la conducta dependería de la voluntad. Quiso imaginarla joven; la veía y la olía como era ahora. Para ganar tiempo comentó:

—Esos Bogliolo, tío y sobrino…

—Olvidalos —aconsejó Madelón—. El peligro, ¿no te da ganas? A mí, sí.

Se entreabrió la puerta y oyeron:

—Perdonen.

A Nélida le bastó esa palabra para comunicar la intensidad de su enojo. La cara de la muchacha parecía extrañamente gris, con efusiones rosadas, y los ojos le brillaban como si tuviera fiebre. Tras la aparición, muy breve, resonó el portazo. Vidal se apesadumbró como si hubiera ocurrido una catástrofe y, en el primer momento, culpó sin vacilaciones a Madelón; sin embargo, antes de hablar, consideró que tal vez la mujer veía las cosas de otra manera y se limitó a decir:

—En este cuarto no se puede estar tranquilo. Isidorito en la otra pieza… Nunca falta alguien que asome…

—Cerrás las puertas con llave y chau —replicó Madelón.

—Sí, che, pero ya me han puesto nervioso. Vos sabés cómo soy cuando me pongo nervioso. Te juro, no valgo para nada.

—No exagerés.

—Además ya se ha hecho tarde y tengo que volver al velorio. A mí me gusta hacer las cosas con tiempo. Cualquiera de estas noches nos vemos.

La mujer débilmente protestó, pidió que fijaran la hora de la entrevista y le ofreció el taller, para que se ocultara, porque no había que echar en saco roto la advertencia de Huguito. Empujándola suavemente la llevó hasta la puerta y cuando quedó solo, como si estuviera con sus compañeros, fingió un gran alivio, que no sentía; por el contrario, empezaba a cavilar sobre el verdadero motivo de su retirada y sintió el temor de haberse mostrado descomedido con Madelón o desleal con Nélida. Desechó este último escrúpulo, ya que nada lo autorizaba a pensar que entre la muchacha y él hubiera algo más que una relación de amistad. Sobre el verdadero motivo de su retirada sin duda volvería y machacaría después. Renunció al mate (se había hecho tarde) y, mordiendo un pan, salió de su cuarto, con la esperanza de no encontrar, en la calle, a Madelón. Pasaría por el baño. En el segundo patio se cruzó con Nélida, que le dio vuelta la cara. Apenado balbuceó explicaciones, que debió interrumpir porque apareció Antonia.

XXV

Cuando llegó a casa de Néstor, la conversación trataba de viejos que habían sido arrojados, más por diversión que por saña, a las hogueras de San Pedro y San Pablo. Se tenía noticia de cuatro o cinco incineraciones parciales ocurridas dentro del perímetro del barrio: las víctimas atendieron sus chamuscaduras en la farmacia de Garaventa, salvo una, con quemaduras de segundo grado, que fue curada en el Hospital Fernández. También se habló de secuestros, nueva modalidad en esta guerra, donde el afán de lucro apuntaba por primera vez. Dijo Vidal:

—Con tal de que sea un secuestro lo de Jimi. No sé por qué acepté en seguida la idea…

—¿Y ahora se te ocurre que pueda ser algo peor? —preguntó Arévalo.

—Con estos brutos…

—No hay que perder la serenidad —objetó el de las manos grandes.

—¡La serenidad! A puñetazos la impondremos —bramó Rey, amenazador—. Averigüen ustedes el paradero de nuestro amigo. Doy fe que le rescato.

Compararon ventajas, inutilidad y riesgos de una denuncia a la policía. Vidal estuvo a punto de predecir: «A lo mejor lo sueltan si está secuestrado», pero se contuvo, porque esas palabras lo hubieran expuesto a incómodos pedidos de aclaración.

Luego la conversación volvió al amigo que velaban y a su entierro, ya inminente. Sobre la ausencia del hijo, observó el señor de la cara en punta:

—La considero francamente irregular.

—La juventud —aseguró el de las manos grandes, con su acostumbrada indulgencia— está en lo suyo. ¿No se ha dicho: Dejad que los muertos entierren…?

—A su abuela —protestó Dante, que parecía mejor del oído.

Rey propuso:

—Antes de encaminarnos a la Chacarita, ¿por qué no damos una vuelta a la manzana, con el catafalco a pulso? Se estila, en lances de muerte violenta. Con Néstor en alto haremos frente al enemigo.

Vidal miró a los dos extraños —primero al de las manos grandes, después al de la cara en punta— porque esperaba sus objeciones. Ambos callaron. Tras un silencio en que se oyó cómo el primero de esos caballeros cambiaba de postura, para acomodarse mejor en la silla, Dante opinó:

—No creo que estemos en posición de provocar a nadie.

—Menos con el catafalco en alto —agregó Arévalo.

Vidal admiró la astucia de los extraños; persuadidos del triunfo de la cordura, para no entorpecerlo, no abogaron por él. Cuando pareció que todos (con excepción de Rey) se mostraban partidarios de la moderación, el de las manos grandes argumentó:

—Además, ¿no cometeríamos una falta de responsabilidad si expusiéramos a los muchachos de la cochería?

—Gente de trabajo, inocente —agregó el de la cara en punta.

La reacción fue inmediata y por un instante pudo temerse la derrota de los moderados. Un hecho distrajo a unos y a otros, y en definitiva protegió a todos, porque descartó los planes peligrosos: la llegada del hijo de Néstor. Agradeció conceptuosamente el muchacho la presencia de los amigos y dijo que tan magnífica prueba de fidelidad lo consolaba, con creces, de la angustia de no acompañar a su padre en el velorio: la policía, rama al fin de la implacable burocracia, atenta a trámites e interrogatorios, no consultaba el dolor filial.

En un aparte susurró Arévalo:

—¿No me digas que estás llorando?

—Pobre tipo, da lástima —Vidal reconoció.

—¿Le creéis comprometido? —preguntó Rey.

—Si en medio de esta guerra lo demoraron hasta ahora —opinó Arévalo— su comportamiento en la tribuna habrá sido francamente monstruoso.

XXVI

A Vidal no le dieron tiempo de secar las lágrimas. Anunciaron la partida al cementerio; hubo actividad por cuartos y corredores. Si quería evitar el llanto debía vigilarse, pues el hecho más inofensivo de pronto resulta desgarrador. El estímulo que lo conmovió fue doña Regina, desgreñada y absorta, que avanzaba como si la llevaran en vilo, a ras del suelo. Vidal miró para otro lado y reparó en Dante. Con infantil agitación, Dante repetía:

—Ojo, muchachos, no separarse. Vamos juntos, vamos juntos.

«Ciego y sordo», pensó Vidal. «Envuelto en cuero. Todo viejo se convierte en bestia.»

—Lo más importante —observó Arévalo y a la manera de Jimi guiñó un ojo— es que los indeseables no se cuelen.

—¿Quién va con el hijo de Néstor? —preguntó Rey.

Dante puntualizó:

—Nosotros cuatro vamos juntos.

—Ya lo sabemos —murmuró o pensó Vidal.

Por última vez miró la desolación de la casa. Insensiblemente pasó al automóvil, se encontró en el trayecto, asomado casi a la ventanilla, para que los amigos no advirtieran su mal dominada emoción. Dijo palabras que a él mismo lo sorprendieron:

—Todo parece distinto, desde el coche fúnebre.

—Tu abuela —replicó Dante, que esa mañana oía como si finalmente hubiera comprado el aparato—. Todavía no viajamos en coche fúnebre.

Por la Avenida del Libertador rodeaban el Monumento de los Españoles. Arévalo declaró:

—¡La flauta que soy viejo! ¿Les digo uno de mis primeros recuerdos? Estoy mirando esta avenida, que se llamaba Alvear, y pasan automóviles con pescante descubierto y con bocina como serpiente de bronce. Hay algunos pintados como canastas amarillas y negras. ¿Dónde habrán ido a parar esos grandes Renault, Hispano-Suiza y Delaunay-Belleville?

A manera de contestación, Dante comentó nostálgicamente:

—Me dijeron que en la calle Malabia había una laguna.

—Había otra frente a la capilla de Guadalupe —respondió Arévalo.

Se dejaba sentir el veranillo. Vidal se quitó el poncho de los hombros y protestó:

—Qué calor.

—Es la humedad —explicó Dante.

—¿Habéis oído algo —inquirió Rey— sobre la proyectada Marcha de los Viejos? Una manifestación oportuna, probablemente de la mayor efectividad.

—Por favor —replicó Arévalo—. ¿Te imaginás lo que va a ser? Van a poner a toda la ciudad en contra. Un espectáculo dantesco.

Vidal pensó que Jimi hubiera hecho hincapié en el calificativo, para burlarse de Dante; los demás ya estaban cansados de esa broma. Dante afirmó:

—Un espectáculo del fin del mundo. Ustedes no se dan cuenta. Estas locuras, todas estas monstruosidades ¿o anuncian el fin del mundo o qué sentido tienen?

Arévalo dijo:

—Todo viejo algún día llega a la conclusión de que el fin del mundo está a la vista. Hasta yo mismo pierdo la paciencia…

—Aparta —gruñó Rey—. ¿Hemos de aplaudir a los mozalbetes, con sus ínfulas bobas?

—Por lo menos los viejos ya estamos cansados —alegó Vidal.

—¿Y me vas a decir que ese afán de la moda de las mujeres no es el acabóse? ¿No anuncia la disolución y el fin de todo? —porfió Dante.

Iban por Juan B. Justo, a la altura del Pacífico. Arévalo observó:

—A los viejos no hay cómo defenderlos. Únicamente con argumentos sensibleros: lo que hicieron por nosotros, ellos también tienen un corazón y sufren, etcétera. ¿A que no saben cómo se libran de los viejos los esquimales o lapones?

Dante le previno:

—Ya lo contaste.

—¿Ven? —prosiguió, con voz asmática, Arévalo—. Nos repetimos. Nada más parecido a un viejo, que otro viejo: la misma situación, la misma arteriosclerosis.

—La misma ¿qué? —preguntó Dante—. Si hablan con la boca cerrada, no oigo. Miren, miren: cuando era chico vivía en la otra cuadra. Ya voltearon la casa.

Vidal recordó la casa de sus padres; el patio y la glicina; el perro, Vigilante; las noches en que oía el tranvía, quejándose en la curva, para luego acelerar y agrandarse hasta cruzar frente a la puerta.

—¿A que no saben dónde había un tambo? —preguntó Arévalo—. En la calle Montevideo, a media cuadra de la avenida Alvear. A la vuelta había una caballeriza.

—Una ¿qué? —preguntó Dante.

—¿Te acordás, Rey? —dijo Vidal—. Al lado de tu panadería vivía una mujer de cien años.

—Doña Juana. Cuando emprendí la ampliación todavía estaba ahí. Era una señora hospitalaria. A su mesa, vuestra cocina criolla no resultaba indecorosa. ¡Qué pucheros! ¡Qué empanadas! Le debo gratitud, asimismo, por haberme enseñado vuestra historia, con la llegada de la Infanta Isabel, que vio pasar en coche de caballos. Doña Juana tenía dos nietas, una fea y una linda, ambas pecosas.

—Pilar y Celia —refirió Vidal—. La linda, Celia, murió joven. A mí me tuvo medio chiflado.

Dante comentó:

—¿Dónde habrá quedado ese tiempo en que nos buscaban las mujeres?

Vidal pensó: «¿Les digo o no les digo?».

—No volverá —afirmó Rey.

—Lo raro sería que volviera —observó flemáticamente Arévalo.

—Yo mismo no puedo creerlo —admitió Vidal—. Hoy dos mujeres me buscaron. A mí, como oyen.

—¿Y qué pasó? —preguntó Rey.

—Nada, che. Eran demasiado feas.

«Además», pensó (pero no lo dijo) «existe Nélida».

—¿No será, más bien —opinó Dante—, que vos sos demasiado viejo? Cuando éramos jóvenes no andábamos con tanta delicadeza.

«Eso es verdad», pensó Vidal. Dejaron atrás Villa Crespo. Hubo un silencio más largo que otros. Rey dijo:

—Nos callamos. ¿En qué piensas, Arévalo?

—Es para reír —confesó este último—. Tuve una especie de visión.

—¿Ahora?

—Ahora. Me pareció ver un pozo, que era el pasado, en que iban cayendo personas, animales y cosas.

—Sí —dijo Vidal— y da vértigo.

—También da vértigo el futuro —continuó Arévalo—. Lo imagino como un precipicio al revés. Por el borde asoman gente y cosas nuevas, como si fueran a quedarse, pero también caen y desaparecen en la nada.

—¿Ves? —preguntó Dante—. No son tan negados los viejos. Hasta los hay inteligentes.

—Por eso nos llaman búhos —afirmó Arévalo.

—Cerdos —corrigió Rey.

—Cerdos o búhos —contestó Arévalo—. El búho es el símbolo de la filosofía. Inteligente, pero repulsivo.

Entraron en el cementerio, bajaron en la capilla. Después del responso volvieron a los automóviles; Vidal observó que el de ellos era el tercero y último del cortejo. Hacía calor. Prosiguieron el lento camino. Arévalo preguntó:

—¿Qué decías, Vidal, de una muchacha linda, que murió joven?

Atinó a responder:

—A mí me tuvo medio chiflado. Se llamaba Celia.

El coche frenó con brusquedad. En una blanca difusión de efervescencia, el vidrio de adelante se astilló, se volvió opaco. Vidal abrió la puerta, bajó para averiguar qué sucedía. Notó un extraordinario silencio, como si se hubiera detenido no sólo el cortejo, sino el mundo. Del primer automóvil descendió el señor de las manos grandes que, en una suerte de pantomima patética, las llevó a la cara. Más allá del carruaje cargado de flores, numerosas personas reían, bailaban, se agachaban en contorsiones, vivamente se estiraban. Vidal entonces vio la cara del señor de las manos grandes cubierta de un velo de sangre y después comprendió que las contorsiones de los que estaban lejos eran un movimiento para tomar fuerza y arrojar piedras. Dante gimió:

—Nos agarraron en la ratonera.

Las pedradas caían alrededor. Alguien gritó con voz apagada:

—Huyan.

Bastó esa orden para que echara a correr. Cuando se le atajó la respiración, se tiró al suelo y, arrastrándose, buscó refugio detrás de una tumba. El excesivo contacto con ese pasto y esa tierra lo disgustó. Se incorporó, estremecido. Porque una pedrada cayó cerca, nuevamente corrió, mientras pudo, y luego caminó, pensando que no debía extraviarse, que el cementerio era interminable. Sintió suaves golpes, como de un tableteo, en la espalda, en la nuca. Eran gotas. Gruesas gotas pesadas. Había empezado a llover. Pensó: «Una lluvia inmunda, que se mezcla con el sudor». Apresuradamente, con ocasionales tropezones, caminó, hasta salir a Jorge Newbery y llegar, rengueando, a Corrientes, del otro lado del parque. «Hay una palabra», se dijo. «Una palabra.» Estaba demasiado cansado para dar con ella, pero por fin la encontró: «Vejación. Qué vejación». Pensó: «Al primer taxímetro, lo paro». Aparecieron varios, que siguieron de largo, como si no vieran sus ademanes. Entró en un almacén y, apoyando los codos en el mostrador, pidió:

—Una cervecita bien helada y dos especiales de lomo.

Mientras limpiaba el escurridero con el trapo, el hombre le dijo:

—Como guste, señor, pero no le aconsejo. El ambiente está cargado.

Para no pasar por terco, dio las gracias y caminó hacia la puerta.

«Lo razonable, lo que se espera», reflexionó, «es que uno se deje vejar. Si es viejo, se entiende».

XXVII

Como se vio ante una lluvia copiosa, miró interrogativamente a su consejero del mostrador. Éste, que sin duda esperaba la mirada, con un breve y hosco movimiento de cabeza indicó la calle. Caminó Vidal hasta Dorrego; si no se apartaba de las casas, apenas mojaba un hombro. En tres o cuatro ocasiones agitó la mano para llamar taxímetros; ninguno se detuvo. Ya descendía la escalera del subterráneo, cuando previó que allí alguien podía ceder a la tentación de empujarlo bajo un tren. Confuso por el cansancio y la debilidad, agregó: «Y lo que es peor, me deja lejos». De nuevo a la intemperie, comprobó que agua y sudor, por fuera y por dentro, le empapaban la ropa. «Felizmente no soy viejo todavía», recapacitó. «Más de uno, por menos que esto, contrae pulmonía doble o bronquitis crónica.» Ensayó una carraspera. Aunque el 93 lo dejaba cerca de su casa, no se atrevió a subir al ómnibus, pues reputó probable que entre tanta gente viajara algún agresor. Mientras consideraba que la única alternativa restante fuera acaso la inconcebible de emprender a pie ese trayecto de prodigiosa longitud, cesó la lluvia. Vidal interpretó el hecho como una indicación del destino y acometió la desaforada marcha. Había perdido la cuenta de las horas que llevaba sin comer ni dormir.

En una avenida, si lo atacaban, probablemente encontraría defensores; pero también estaba más expuesto que en una calle solitaria donde todo era visible desde lejos... Al desembocar en Bonpland notó que soplaba el viento del sur y que había refrescado. Pensó: «Un destino de viejo idiota: después de sortear los peligros, morir de enfriamiento». Cuando llegó a Soler divisó a un grupo de muchachos; aunque tal vez fuera inofensivo, para evitarlo dio un largo rodeo y cruzó las vías por Paraguay, por el paso a nivel de las bodegas. Bastó algún adoquín desparejo para que tropezara y cayera. Quedó inmóvil en el suelo, trémulo, exhausto. Cuando se incorporó creyó que olvidaba algo muy importante que segundos antes había recordado. Pensó: «Casi me duermo, qué vergüenza». Prosiguió el camino y en la plaza Güemes consiguió por fin un taxímetro: un coche viejo, manejado por un hombre viejo. Éste escuchó atentamente la dirección, bajó la bandera y dijo:

—Hace bien, señor. Pasada cierta edad, no hay que subir a taxímetros de jóvenes.

—¿Por qué? —preguntó Vidal.

—¿No se ha enterado, señor? Por deporte roban viejos y después los tiran por ahí.

Vidal estaba casi recostado en el asiento. Se enderezó y acercándose al hombre, comentó:

—Que no vengan a decirnos que detrás de esta guerra hay una gran necesidad científica. Lo que hay es mucha compadrada.

—Dice bien, señor. El criollo es compadre. La muchachada hace de cuenta que sale a cazar peludos y nos caza a nosotros.

—Y uno vive en la inseguridad. Lo peor es temer siempre una sorpresa.

—A eso voy —convino el conductor—. Supóngase que realmente sobre el viejo inútil. ¿Por qué no lo llevan a un lugar como la gente y lo exterminan por métodos modernos?

—¿No será peor el remedio que la enfermedad? —preguntó Vidal—. Yo le digo por el abuso.

—Ahí me la ganó —admitió el hombre—. El gobierno es muy abusador. Si no fíjese en los teléfonos.

Vidal pagó y bajó. Tal vez nunca había estado más cansado. En ese momento se acordó de los amigos. Con tal de que ninguno hubiera recibido una pedrada como la que ensangrentó al señor de las manos grandes. Ocupado primero en escapar, después en volver a la querencia, los había olvidado por completo. Conmovido recordó: «Por un completo, como diría el pobre Néstor». ¿Le quedaban fuerzas para ir ahora hasta la casa de Dante o hasta la panadería? «Arévalo es un bicho bastante raro y nadie, que yo sepa, ha entrado en su casa, ni siquiera Jimi, que es un curioso.» Explicó esto último al auditorio que lo escuchaba en el sueño.

XXVIII

Aunque le faltaban fuerzas para mantenerse en pie, todavía postergó el momento de la decisión de tirarse a la cama o retomar la calle para averiguar por los amigos; primero retemplaría el cuerpo con unos mates. Esperaba que se calentara el agua, comía pan, cuando apareció Nélida. La muchacha lo miró en los ojos y le dijo:

—Perdone que entre sin golpear. Una mala costumbre.

—No. ¿Por qué?

—Siempre lo interrumpo en lo mejor. Pero quería prevenirlo.

—¿De qué me quiere prevenir, Nélida?

—De algunas hipócritas que muestran buena cara y por la espalda, si conviene, lo denuncian. Una amiguita suya, que habla con Bogliolo, ha de estar perfectamente enterada de que el sobrino…

—Sí, ya sé, Nélida. Esa persona vino a prevenirme.

—¿Y de paso?… Todas vienen porque están locas por él.

—No diga eso, Nélida. Madelón no está loca por mí ni es mi amiguita.

—¡Madelón! Si no hay nada entre ustedes, ¿por qué Bogliolo permite que el sobrino lo delate? ¿Sabe por qué? Porque usted si quiere lo desbanca.

—No, Nélida, yo no desbanco a nadie.

—Y yo me pregunto qué le verá a esa vieja.

—Nada, Nélida. ¿Se enoja si le digo una cosa? Me caigo de sueño. Ahora mismo iba a meterme en cama. Estaba por desvestirme.

—¿Quién se lo impide?

—Pero, Nélida… —protestó y, resignado, apagó el calentador.

—Pero, ¿qué?

La vio sentada en el borde de la cama, ocupada en quitarse tranquilamente zapatos y medias, y admiró esa tranquilidad y la gracia de las manos que bajaban las medias a lo largo de las piernas y las tiraban sobre una silla. Con gratitud se dijo: «¿Será posible que yo tenga esta suerte?». La muchacha se incorporó; como si nadie estuviera con ella, se miró un instante en el espejo y en un solo movimiento —así por lo menos le pareció a él— descubrió su desnudez, tan blanca en la penumbra del cuarto. Trémulo por la revelación, oyó que le decían de muy cerca: «Sonso, sonso». Lo estrecharon, lo acariciaron, lo besaron, hasta que la empujó un poco, para mirarla.

—¿Sabés una cosa? —dijo—. Me muero por vos, me muero y soy tan sonso que nunca me hubiera animado.

Una segunda revelación le deparó la boca abierta; cayó abrazado a Nélida y como ya no podía hablar, la apretó contra sí: era como perderse en ese olor de alhucemas. Después de un rato, cuando se apartó, Nélida lo abofeteó violentamente.

—¿Por qué? —preguntó quejumbrosa—. ¿Por qué?

—¿Por qué me pegás? —preguntó Vidal—. Yo quería…

—Es asunto mío —replicó ella.

Pasó pronto el enojo. Vidal comentó:

—¿No habrá sido todo un sueño? Tengo que desconfiar, porque me duermo a cada rato.

—¿También esto es un sueño? —preguntó riendo Nélida y le puso una mano en la cara—. Si querés dormimos.

—¿Antonia y su madre no te esperan?

—Como estoy de mudanza, han de pensar que me quedé en lo de mis tías.

—¿De mudanza?

—¿No sabés? Anteanoche murió la pobre tía Paula, la que preparaba, ¿te acordás?, los pastelitos. Por costumbre dije siempre «las tías», pero ya no quedaba más que una. Me aconsejan que me vaya cuanto antes a la casa, no sea que se meta alguien adentro.

—¿Es lejos de aquí? —preguntó alarmado.

—No: en Guatemala, al llegar a Julián Álvarez.

—Mis antiguos barrios.

—¿No digas? Contame.

—Nací en la calle Paraguay. Seguramente lo más lindo de la casa era el patio, con la glicina. Yo tenía un perro que se llamaba Vigilante. Pero no te voy a aburrir con estas cosas. Cómo te van a extrañar Antonia y su madre.

—Mirá, no sé, ya era una situación insostenible. A lo mejor la pobre Antonia prefiere no tener testigos, porque al fin y al cabo es su madre. La señora está que no se aguanta. Los años la han trasformado en un hombrón horrible: imaginate, le dicen el Soldadote. A mí me preocupa por las criaturas. Pero, pobrecito, no te dejo dormir.

Se le cerraban los ojos, no se resignaba a interrumpir la conversación… Alguna vez, a lo mejor, lejos en el tiempo, habría sentido un bienestar comparable, «pero», reflexionó, «éste es un lujo al que ahora no estoy acostumbrado y que no desperdiciaré».

XXIX

Lo despertó un estrépito que interpretó como su disparo contra un búho. Recordaba el sueño: Estaba en el refugio, una casucha de granito, que (según le explicaron) era resistente y segura. Con la satisfacción de quien inspecciona su propiedad, miró hacia arriba; faltaba el techo. Por la abertura bajaban sobre su cabeza furiosos búhos, que pesadamente remontaban vuelo, para volver al ataque. Descargó la escopeta sobre el que graznaba con más ímpetu. Ya despierto se volvió a la izquierda: Nélida estaba a su lado. Pensó: «Qué vida habré tenido últimamente para caer en estos sueños junto a ella». Al verla dormida se acordó de una circunstancia trivial, que le resultó grata, por ser de su juventud: solía dormirse y despertarse antes que las mujeres. Quién sabe desde cuándo no recordaba el hecho.

Como quien repasa para no olvidar, imaginó todo, punto por punto, desde el momento en que Nélida entró en el cuarto. Se felicitó de no haber cedido a la tentación, tan inoportuna que pudo serle funesta, de preguntar: «¿Y tu novio?». En determinado momento, por estúpido escrúpulo hacia un desconocido, casi formuló la pregunta; si lo hiciera ahora, obraría impulsado por el anhelo de posesión. Recapacitó, divertido: «Para exigir no somos lerdos».

De improviso creyó entender intuitivamente que la explicación del universo era el acto del amor. Con la orgullosa modestia de quien sabe que los grandes premios nos tocan, más que por mérito, por la favorable fatalidad de que alguien ha de sacarlos, se dijo que a él esa noche lo contaran entre los participantes. Porque debía compartir el júbilo se acercó a la muchacha. La miró con seriedad y comentó despacio: «Extraordinariamente linda». Poniendo el mayor cuidado, como si lo principal fuera no despertarla, por segunda vez la abrazó.

Más tarde, cara al techo, conversaron plácidamente, hasta que dijo Nélida:

—De nuevo no te dejo dormir.

—No, no sos vos —respondió Vidal—. Es el hambre. No como desde hace dos días.

—¿Qué puedo cocinar?

—Aquí no hay casi nada.

—Me visto y busco algo en lo de Antonia.

—No, no te vayas. Tenemos pan, yerba, fruta seca y a lo mejor una barra de chocolate. Pero la barra de chocolate es de Isidorito y se va a enojar si la comemos. De pronto le viene languidez.

Riendo, Nélida rechazó el reparo. Comentó:

—No te digo la languidez que nos vino a nosotros.

Nélida encendió la lámpara, se levantó, desde la cama Vidal le indicaba dónde estaban las cosas y la miraba caminar desnuda por el cuarto.

—Voy a poner otra agua a calentar —anunció la muchacha mientras volcaba la pava—. ¿Sabés lo que soñé? Que habíamos ido al campo a cazar, vos, yo y tu perro Vigilante.

—Es increíble. Yo también soñé que estaba cazando no sé qué pajarracos.

Halagados reconocieron que parecía increíble.

—Me hablaron de vos —refirió Nélida—. Una señora que ayer conocí en casa de tía Paula. Una tocaya.

—¿No me vas a decir que es la Nélida que antes vivió en esta casa?

Era la misma. Nélida comentó:

—La tenés muy presente.

Tal vez para no mostrarse interesado en su antiguo amor, Vidal preguntó:

—¿Carmen vive con ella?

—No seas atorrante, che, que la chica está por casarse.

Tras alguna perplejidad, Vidal entendió que le hablaban de una hija de Nélida, pero no confesó que había preguntado por la madre. Nuevamente estuvo a punto de pronunciar las palabras: «¿Qué va a pasar ahora con tu novio?». Se contuvo, no fueran a caer mal…

—Con este festín no reponemos fuerzas —observó Nélida.

Comían y reían. Vidal se dijo: «¿No despertaremos con el barullo a Isidorito? ¿No la sorprenderá a Nélida en mi cuarto?». Se despreocupó. «Si no me equivoco, a ella no le importa. Tiene razón. Lo que importa es recordar esta noche. La mejor de la vida.» En seguida se disgustó de ver como recuerdo lo que estaba viviendo: era darlo por pasado. También se disgustó de pensar: era apartarse de Nélida. Pero aún pensó: «Últimamente he caído en la mala costumbre de preguntarme si lo que me sucede no estará sucediéndome por última vez. Parecería que adrede arruino todo con mi tristeza».

Nélida le preguntó:

—¿Por qué no te venís a vivir conmigo?

Primero rechazó la idea, simplemente porque no la esperaba; después, un poco asombrado, la encontró aceptable y por último creyó necesario puntualizar que en la nueva casa él correría con los gastos (desahogaba el amor propio, sin averguar cuánto sumaban los gastos ni calcular el dinero de que disponía). La muchacha no le hacía mayormente caso, lo escuchaba con mal disimulada impaciencia, al extremo de que Vidal se dijo: «¿De algún modo estaré mostrándome anticuado?». Como no sabía claramente dónde estaba el yerro, de nuevo optó por callar. Entonces lo acometió el vértigo de formular la tantas veces reprimida pregunta:

—¿Y tu novio?

«Sin duda», pensó, «otro error de la misma clase, que deja ver la insalvable distancia que media entre las generaciones».

—¿Te importa mucho? —inquirió Nélida.

Valientemente contestó:

—Mucho.

—Mejor así. Tenía miedo de que no te importara. No te preocupés: yo le diré que todo se acabó. Te elegí a vos.

Meditando la declaración, para él preciosa y triunfal, que había oído —todo lo que puede pedir un enamorado le daban ese día: hechos y palabras— llevaba a Nélida a la cama cuando retumbaron los golpes en la puerta.

Se puso el viejo sobretodo marrón y fue a ver quién llamaba.

XXX

—¡Al altillo, hermano, al altillo! —dijo excitadamente Faber, asomando la canosa cabeza por la puerta que Vidal había entreabierto.

—¿Qué pasa? —preguntó Vidal. Interpuso el cuerpo para que el otro no viera a Nélida.

—¿No oyó las descargas? Uno se creía en el cine. Usted no ha de ser de sueño liviano, don Isidro. Lo que es yo, aunque me estoy quedando sordo, cuando duermo ¡tengo un oído!

Empujaba por entrar, como si maliciara algo o hubiera entrevisto a Nélida. Vidal sujetó con una mano la hoja abierta y se recostó contra la otra. Declaró:

—Ni pienso ir al altillo.

Faber retomó su explicación:

—Como se encontraron con la puerta cerrada —ahora el encargado mete candado y llave— quisieron abrirla a balazos. Menos mal que apareció un patrullero de esos que hacen bandera para que se diga que el orden está asegurado. Pero prometieron volver, don Isidro. Si no me cree, pregunte a los otros. Todo el mundo oyó.

—Le participo que me quedo en mi cuarto. Para empezar, no me considero viejo.

—Está en su derecho, señor —convino Faber—, pero más vale pecar de prudente.

—Y después no me asustan. ¿Cómo me va a asustar la muchachada del barrio, unos pobres infelices que estoy cansado de ver desde que tengo uso de razón? Esa muchachada también me conoce y sabe perfectamente que no soy viejo. Le doy mi palabra: ellos mismos me lo han dicho.

—Los que prometieron volver no son del barrio. Son del Club del Personal Municipal. Se incautaron de los camiones de la División Perrera y recorren las arterias de la ciudad, a la caza de viejos que buscan en sus reductos domiciliarios y se los llevan de paseo, enjaulados, en mi opinión para escarnio y mofa.

—¿Qué les hacen después? —preguntó Nélida.

Estaba detrás de Vidal. Éste pensó: «Probablemente Faber le ve los brazos».

—Hay quienes pretenden, señorita, que los exterminan en la cámara para perros hidrófobos. Al gallego encargado, un paisano le aseguró que abren las jaulas al llegar a San Pedrito y que los abandonan después de correrlos a lonjazos en dirección del propio cementerio de Flores.

Nélida ordenó a Vidal:

—Cerrá esa puerta.

Vidal cerró y dijo:

—Está loco. No voy a subir al altillo, con los viejos.

—Mirá —aconsejó Nélida—: yo, si fuera vos, me escondía esta noche, y me iba mañana, en la primera oportunidad.

—¿Me iba, dónde?

—A la calle Guatemala. Te venís conmigo,

¿no quedamos en eso? Tratá de no llamar la atención y después, que te descubran, si son brujos.

Había rechazado de plano la proposición de refugiarse en el altillo, pero ahora, presentada como parte del proyecto de Nélida, la idea se volvía atendible. Por de pronto, si no quería llamar la atención (como ella le había aconsejado), no podría llevar muchas cosas. Vale decir que esa mudanza no era un acto definitivo y completo. Con el pretexto de salvar la vida, se permitía la aventura de vivir una semana con una mujer. Quizá después la vuelta no fuera fácil y quizá para aquel entonces ya habría formado una nueva costumbre, la de vivir con Nélida, para oponer a la vieja de vivir con su hijo, que era una manera de vivir solo; pero tan lejos no pensaba.

Se abrazó a Nélida y con algún alborozo le contestó:

—Si me convidás en firme, llego mañana a tu casa.

—No vas a llegar si no te doy la dirección. Además, tomá las llaves, para que no tengás que tocar el timbre y estar esperando. Yo me haré abrir.

En un bolsillo del vestido tenía la llave. Buscaron papel y lápiz; por fin lo encontraron y la chica escribió. Sin leerlo, Vidal guardó el papel.

XXXI

Cuando se encontró en la empinada y frágil escalerita comprendió que antes no se había equivocado: subir al altillo era una humillación. Ya arriba, el techo demasiado bajo, el olor, la suciedad, las plumas, confirmaron su desaliento. Como en el fondo de un túnel —el altillo se extendía por toda el ala izquierda del caserón— divisó a lo lejos la lumbre de una vela y dos figuras desdibujadas por la oscuridad. Las identificó: Faber y el encargado. Se arrastró hacia ellos.

—Aquí viene el hijo pródigo —comentó Faber—. Sólo falta Bogliolo.

El encargado respondió:

—Ése no viene, que se refugia con la hija del tapicero. Ahora, que falleció el padre, en la propia casa recibe a los hombres.

—Hay muchos que se esconden en casa de sus amigas —aseguró Faber.

—Sí, muy orgullosos —convino el encargado—. Pero como lo primero que averigua la gente es con quién anda el prójimo, los atrapan cuando quieren.

Probablemente, el encargado y Faber hablaban sin mala intención. Para probar o tal vez para probarse que nada de eso lo afectaba, Vidal intervino en el diálogo.

—Parecería —dijo— que esta guerra de los

cerdos o de los viejos, después de amainar un poco, recrudeció con virulencia.

—Últimos estertores antes del colapso —explicó Faber, con esa voz de cornetilla que le salía de un tiempo a esta parte—. La juventud es presa de la desesperación.

—Carecen de efectividad —alegó Vidal—. En esta guerra no pasa nada; puras amenazas. Yo puedo hablar así porque me encontré en más de un entrevero.

El encargado protestó gravemente:

—Usted puede hablar así, pero a su amigo Néstor, ¿no lo mataron? Y su amigo Jimi, ¿no desapareció? Ojalá que reaparezca vivo.

—La juventud es presa de desesperación —repitió Faber—. En un futuro próximo, si el régimen democrático se mantiene, el hombre viejo es el amo. Por simple matemática, entiéndanme. Mayoría de votos. ¿Qué nos enseña la estadística, vamos a ver? Que la muerte hoy no llega a los cincuenta sino a los ochenta años, y que mañana vendrá a los cien. Perfectamente. Por un esfuerzo de la imaginación ustedes dos conciban el número de viejos que de este modo se acumulan y el peso muerto de su opinión en el manejo de la cosa pública. Se acabó la dictadura del proletariado, para dar paso a la dictadura de los viejos.

Paulatinamente la cara de Faber se ensombrecía.

—¿En qué piensa? —preguntó el encargado—. Parece afligido.

—Le hablo con sinceridad —dijo Faber—: en que debí pasar por el fondo antes de subir. ¿Ustedes me entienden?

El encargado aseguró:

—Si lo entenderé: desde hace rato que estoy con esa misma preocupación.

—Yo no pienso en otra cosa —admitió Vidal.

Rieron, se palmearon, fraternizaron. El encargado avisó:

—No me sacudan o soy hombre al agua.

—Cuidado con la vela —previno Faber y la sostuvo.

—Si esta cajonería agarra fuego, les ahorramos el trabajo a los jóvenes.

—No se embromen.

—¿Y si arriesgáramos una rápida excursión al fondo? —propuso Faber.

—No podemos, por los muchachos de la casa —declaró el encargado—. Han dicho que nos hemos ido y suponga que los otros nos ven cuando bajamos. Los comprometemos.

—Entonces yo vuelvo a la primera infancia —dijo Faber, llorando de risa.

—¿No habrá, aquí arriba, un lugar aparente? —inquirió el encargado.

—A lo mejor detrás de las últimas jaulas —opinó Vidal.

El encargado preguntó:

—¿No quedan encima de la pieza de Bogliolo?

—Ah, tanto como eso no sé —contestó Vidal.

—Acabáramos —exclamó el encargado—. Usted fue el que la otra vuelta le mojó el cielo raso. Ahora se lo va a mojar un trío.

Entorpecidos por risa convulsiva —la contenían, pero resultaba estrepitosa— llegaron, arrastrándose, hasta el sitio que indicó Vidal. Ahí permanecieron un rato.

—Si no alquila un bote, se ahoga —vaticinó Faber.

Emprendieron el regreso. Refiriéndose a Faber, susurró el encargado:

—Está cambiando la voz. Una voz gangosa.

—De pato —afirmó Vidal.

Callaron repentinamente, porque un tumulto, abajo, los alarmó. Oyeron cuchicheos, golpes como de gente empujada y por último una sola palabrota soltada por un vozarrón.

—Dios mío, ¿qué es eso? —preguntó con trémula voz gangosa Faber.

Los otros no contestaron.

Pesados pasos, acompañados de un éxtasis de crujidos, avanzaban con lentitud hacia arriba. Cuando apareció la mole, Vidal por primera vez tuvo miedo. No la reconoció en el acto, hasta que la chiquilina la iluminó con la linterna: enorme, cilíndrica, hinchada, broncínea como un indio, canosa y desgreñada, doña Dalmacia los miraba con expresión de encono y ojos vagos.

—¿Quiénes son ésos? —preguntó la señora.

—El señor encargado, Faber y Vidal —contestó la nieta.

La señora manifestó su imponente desprecio:

—Tres maricas. Los nenes los asustan y se esconden. Sepan, maricas, que yo quería quedarme abajo. Déjenlos que vengan; de un pechazo los volteo. Pero mi hija me manda arriba porque es una porquería y dice que estoy ciega.

Hubo un silencio. Vidal preguntó:

—¿Ahora qué pasa?

—Nos ha olvidado. Está jugando con la nieta —explicó Faber.

—Yo no sé cómo le dejan la criatura —comentó el encargado—. Hoy por hoy esa mujer es un hombre asqueroso. Caprichos de la vejez.

XXXII

Martes, 1º de julio

Aparentemente, la irrupción de doña Dalmacia los había deprimido. Callaron. Debía de ser tarde y por aquella época de guerra, los días, cargados de zozobra, resultaban agotadores. En la silenciosa penumbra, Vidal se durmió. Soñó que su mano volteaba la vela, que el altillo se incendiaba y que él, una de las víctimas, aprobaba esa purificación por el fuego. Deseaba ahora, por circunstancias que en el sueño no podía recordar, el triunfo de los jóvenes y explicaba todo con una frase que le parecía muy satisfactoria: «Para vivir como joven, muero como viejo». El esfuerzo para pronunciarla y tal vez el murmullo que produjo con los labios lo despertaron.

Debió de recordar, siquiera instintivamente, que en otra oportunidad amaneció en ese altillo, contraído por el lumbago, porque en seguida ensayó movimientos para indagar la flexibilidad de la cintura: la encontró libre de dolores.

«Como siempre, el primero en despertar», se dijo, con algún orgullo. A la luz del alba, que penetraba por la claraboya, vio a Faber y al encargado. Pensó: «Duermen como dos cadáveres que respiran», y lo admiró el descubrimiento de que respirar constituyera, en ciertos casos, una actividad repugnante. Casi tropezó con el cuerpo de la chiquita, que dormía con los ojos entreabiertos, con el blanco visible, lo que le comunicaba una extraviada expresión de mujer que desfallece. A pocos pasos de ahí estaba desparramada la vieja. En la escalera sintió Vidal una gran debilidad y se dijo que debía comer algo. Hacía muchos años, tal vez cuando era chico, en ayunas le daban esos mareos. Al llegar abajo se detuvo, apoyado en el pasamanos. No se oía nada. Aún la gente dormía, pero no había tiempo que perder, porque no tardarían en levantarse.

Encontró su cuarto sumido en una tiniebla fría y de nuevo tuvo la visión, demasiado frecuente en la última semana, de la quietud de las cosas. Con abatimiento se preguntó si no ocultaría eso un mal signo. Miraba aquellos objetos, dispuestos para él, como si regresara de un largo viaje y estuviera afuera, separado por un vidrio.

Se lavó, se vistió con su mejor ropa, envolvió en un diario una muda y algunos pañuelos. A último momento se acordó de las llaves y del papelito de Nélida. Halló todo en los bolsillos del otro saco. Debajo de la dirección (e indicaciones: *puerta 3, subir la escalera, puerta E, seguir el corredor, subir la escalerita al entrepiso, puerta 5*), Nélida había apuntado: *¡Te estoy esperando!* Vidal pensó que estas delicadezas de las mujeres contaban considerablemente en la vida de un hombre. Luego advirtió que debía dejarle a Isidorito alguna explicación de su ausencia. No sabía qué decirle. No podía quedar allí escrita la verdad, ni veía cómo sustituirla, ni quería demorarse. Por fin escribió: *Un amigo me invitó a pasar tres o cuatro días afuera. Allá todo está tranquilo. Cuídate.* Antes de salir, agregó: *No te pongo detalles, por si esto cae en manos de un extraño.*

Camino del fondo, a donde acudió para estar, por un rato, libre de preocupaciones en casa de Nélida, se cruzó con la menor de la nietas de doña Dalmacia, que tal vez no reparó en él, atenta como iba en no pisar las junturas de las baldosas. Aparte de esta niña, nadie lo vio. En la calle, todavía solitaria, inquisitivamente llevó los ojos al taller de tapicería. De sorprender a Bogliolo en una de las ventanas, no lo hubiera mirado con celos o rencor, sino con una suerte de complicidad fraternal. Tal vez porque no andaba en amores desde muchos años, con algo de joven envanecido, reaccionaba ante la situación, que volvía a resultarle nueva. Pensó que si tuviera ánimo pasaría por lo de Jimi, para preguntar si el amigo había regresado, pero pudo más el impulso de llegar cuanto antes a casa de Nélida, como si junto a ella estuviera a salvo, no de la amenaza de los jóvenes, que ahora casi no lo asustaba, sino del contagio, probable por una aparente afinidad con el medio, de la insidiosa, de la pavorosa vejez.

XXXIII

Tal vez porque era una mañana fría y húmeda, Vidal no encontró en el trayecto un solo piquete de represión. «Feroces», pensó, «pero no hasta el punto de cometer imprudencias con la salud». En la plaza Güemes recordó que ahí, de vuelta de la Chacarita, había conseguido el taxi: le parecía increíble que el hecho no hubiera ocurrido en un pasado lejano, sino la víspera. Amparado por los troncos oscuros de grandes árboles que entrelazaban arriba un follaje delicado y verde, caminó por Guatemala, atento a la numeración de las casas y a que los muchachones reunidos en una esquina más adelante —la de Aráoz, quizá— no lo vieran. Resultó que el número buscado —el 4174— correspondía a una casa de dos cuerpos, con jardín en el medio, una magnolia, un reloj de sol. Empujó el entreabierto portón de la verja, entró, consultó el papelito, con la llave más grande abrió una puerta, no encontró a nadie en el vestíbulo, subió la escalera, abrió otra puerta, siguió un largo corredor, entre una baranda a la izquierda, que daba a un patio, y una pared con sucesivas puertas a la derecha. En la segunda o en la tercera estaba asomada una mujer joven, que lo miró con desparpajo. Pensó Vidal: «Pobre Nélida. Tanto hablar de su casa, para mudarse a otro conventillo». Consultó de nuevo las instrucciones, trepó una escalerita de caracol, gris verdosa, de hierro, y se encontró frente a una puerta, con un redondel blanco, enlozado, con el número 5. Golpeó, para no entrar por sorpresa, y cuando se disponía a insertar la llave abrió Nélida.

—¡Qué suerte! —exclamó—. Yo tenía miedo de que te echaras atrás y no vinieras. Entrá. Ahora me parece que nada malo puede sucedernos.

Con admiración pensó: «Otras no dejan ver que lo quieren a uno. Se cuidan. No están seguras de sí ni son tan fuertes». La casa lo deslumbró: «Una casa de verdad. No exageraba». Estaban en un salón, que le pareció enorme, de alto cielo raso con guirnaldas, virtualmente convertido en dos cuartos: en un extremo, el comedor, con la mesa, las sillas, el aparador, la heladera; en el otro, una sala con una mesa, un sofá de mimbre, sillones, una mecedora, la televisión. Entrevió parte de la cama y del ropero del contiguo dormitorio. Pensó que la circunstancia de atravesar todos esos corredores, puertas y escaleras, aumentaba la sorpresa de encontrarse de pronto en una casa tan bien amueblada y confortable.

—Me alegro de estar aquí —dijo.

—No trajiste casi nada.

—Vos me recomendaste que no llamara la atención con la mudanza.

—¿Venís a quedarte? —preguntó Nélida.

—Si me aceptás.

—Te aguantás unos días y cuando calme el ambiente vamos a buscar tus cosas. ¿Me esperás un momento?, me ocupo del almuerzo…

Mientras Nélida trabajaba en la cocina, Vidal recorría la casa. Vio un patio, con plantas de flores, y el dormitorio, con la cama camera, el ropero, las mesas de luz y en dos grandes marcos ovalados, de caoba, fotografías, que parecían dibujos a la pluma, de una señora y un señor de otra época. Preguntó:

—¿Quiénes son los de las fotografías?

—Mis abuelos —gritó, desde la cocina, Nélida—. No te preocupes, ya los voy a sacar. Me dio no sé qué hacerlo no bien llegada.

Iba a contestar que a él no le molestaban, pero se contuvo, porque temió que la frase resultara de mal gusto. Estaba cómodo en la casa. Pensó que era una lástima no haber traído todo y que su única mortificación era la idea de volver un día, por un rato, a la calle Paunero. En medio de ese bienestar caviló: «¿Podré vivir aquí sin parecer un mantenido?».

XXXIV

Un hecho lo asombraba: Nélida no le había ocultado su buena disposición para el amor. «Igualmente me asombro de asombrarme», se dijo, «porque he vivido algunos años y, a esta altura, ya debería saber…». Sin duda pensaba que la chica le hacía un regalo. Tendido junto a ella, cara al techo, se abandonó al bienestar y por ocioso entretenimiento consideró la afirmación, muchas veces oída, de que todo el mundo se entristece después, lo que juzgó increíble, y recordó también el apuro por volver a casa, por salir al aire, que según confidencias acometía a los amigos. Llegó a la conclusión de que los hombres, habitualmente, no eran tan afortunados como él. Se volvió, la miró, con ganas de darle las gracias, de conversar. Nélida le preguntó:

—¿No vas a extrañar tu casa?

—Cómo se te ocurre.

—Uno extraña las costumbres.

—¿También la de cruzar el patio para ir al baño? Si vivís de esa manera, no necesitás un gran esfuerzo para seguir; pero ha de bastar un día de comodidad para que la vuelta al inquilinato sea imposible.

—Yo no tendría fuerzas para meterme de nuevo en la pieza con doña Dalmacia y las chiquilinas. Qué raro que nunca te hayas mudado.

—Una vez tenía unos pesos e iba a mudarme a un departamento. Mi señora se fue, me encontré solo con el chico y gracias a las vecinas, que lo cuidaban cuando yo no estaba, no perdí el trabajo. Todo tiene sus compensaciones...

Cuando dijo esa frase creyó notar que la mirada de Nélida se volvía vaga. Alarmado se preguntó: «¿La aburriré? Es joven, está acostumbrada a gente joven y yo desde hace años no hablo sino con viejos».

—¿Y no compraste el departamento? —preguntó Nélida.

—Entonces no los comprabas, los alquilabas. Fue un sueño que no se cumplió. Como el de ser profesor. Hubo una época en que yo quería ser profesor. ¿Cuesta creerlo, no es verdad?

Nélida parecía halagada porque alguna vez él hubiera tenido esa aspiración. Mientras alternaban recuerdos, Vidal notó que, para referirse a hechos ocurridos dos o tres años antes, Nélida decía invariablemente «hace mucho tiempo». De pronto se acordó de la conversación con el novio, que le preocupaba, y preguntó:

—A tu novio, ¿ya le dijiste?

—No, todavía no. Tengo que hablarle.

Vidal pensó que él daría cualquier cosa para que esa entrevista ya hubiera quedado en el pasado. Dijo:

—Te acompaño, si querés.

—Mirá, no es necesario —contestó Nélida—. Martín no es mal tipo.

—¿Martín? ¿Qué Martín?

—Mi novio. De mi parte sería antipático decirle esas cosas no estando solos.

—¿Dónde lo vas a ver?

—Según la hora… Antes de las cinco de la tarde, en el taller mecánico. Después tendría que buscarlo en uno de esos lugares donde trabaja. ¿Te dije que integra el trío *Los Porteñitos*?

—Sí, ya me dijiste. Mejor que vayas al taller. No me gusta que andes por cafetines y menos de noche.

—Toca en La Esquinita, de Thames, y en un sótano, el cuchitril ese que se llama FOB, y en el Salón Maguenta, de Güemes. Ya vengo, voy un minuto a la cocina. ¿No tenés hambre?

Vidal siguió en cama, boca arriba, suficientemente cansado para no acompañarla, para no cambiar de postura. «Este cansancio es muy distinto de otros, que uno confunde con tristeza. Reconfortante, como un diploma en la pared.» Lástima que estuviera pendiente esa conversación de Nélida con su ex novio; no tenía nada contra el individuo, pero lamentaba que por su culpa

Nélida debiera ir a La Esquinita o al Salón Maguenta, para no decir nada del sótano con nombre extranjero. Más le valía distraerse con recuerdos de aquel departamento que estuvo por alquilar: habría vivido en el Once, hoy serían otros sus amigos (con excepción de Jimi, que había conocido en el colegio) y no habría encontrado a Nélida. En ese cuarto, con ella ahí nomás, parecía increíble que por las calles de Buenos Aires anduviera la gente a balazos... Fantaseando se dijo que sería curioso que la guerra estuviera circunscripta al barrio que rodea la plaza Las Heras y que fuese la maquinación de un solo matón, el señor Bogliolo, dirigida contra una sola víctima, Isidro o Isidoro Vidal.

—Vení a comer —llamó Nélida.

Sobre la mesa había una fuente de ravioles.

—Qué hambre —exclamó.

—No sé si te gustan.

Vidal la tranquilizó: los ravioles evocaban imágenes de épocas felices, de los domingos, cuando era chico, y de su madre.

—Creeme —pidió con efusiva sinceridad—. Éstos son mejores que los del recuerdo. Yo pensé que nadie iba a superarlos.

Bebieron vino tinto; comieron milanesas y papas. Cuando llegó el arroz con leche, Nélida dijo:

—Si no te gusta, perdoname. Todavía no conozco tus gustos.

La abrazó por haber dicho *todavía*. Agradeció la palabra, como promesa de un largo futuro para ellos dos. Después calló; se preguntó qué podría agregar, de qué podría hablar, para no aburrirla. Bebió otro vaso de vino y, cuando Nélida se levantó para preparar el café, de nuevo empezó a besarla.

XXXV

Estiró confiadamente la mano, buscó el cuerpo de la muchacha, no lo encontró. El disgusto lo despertó del todo; miró a su izquierda, Nélida no estaba. Tuvo una corazonada horrible, saltó de la cama, recorrió los cuartos, abrió la puerta que daba al patio.

—¡Nélida! ¡Nélida! —gritó.

La muchacha había desaparecido de la casa. Angustiado, demasiado angustiado (a lo mejor no había motivo) trató de entender. Súbitamente recordó. Nélida se había reclinado sobre él —ahora le parecía verla— y había hablado. Una a una volvían las frases. Nélida le había dicho:

—Voy a aclarar todo con Martín. No salgas y no le abras a nadie. Esperame. No voy a tardar. Esperame.

Aunque estaba casi dormido había comprendido perfectamente esas palabras; lo habían angustiado, lo habían enojado (¡la familiaridad de llamar por el nombre al individuo!), pero como si de pronto le cayera encima todo el cansancio de las interminables vigilias, de la caminata desde la Chacarita, de la mala noche en el altillo, de los muchos amores, había quedado inmóvil, incapaz de protestar y de moverse. Dijo: «Como un imbécil dejé que se fuera. Ahora estoy aquí, enjaulado». Nélida prometió (acaso en el tono que emplean los médicos para infundir confianza en el enfermo): «No voy a tardar», pero como él ignoraba cuándo se había ido, no descartaba la posibilidad de que lo hubiera hecho pocos minutos antes y que, a pesar de los buenos deseos, tardara quién sabe cuánto. Con lentitud se vistió. Para pasar el tiempo fue a la cocina, a preparar unos mates. Mientras buscaba los fósforos y la yerba se preguntó si realmente el futuro le reservaba una vida con Nélida en esa casa. Cuidadosamente cebó y tomó un primer mate; después, con alguna precipitación, cuatro o cinco. Recordó a Jimi y se dijo que desde hacía mucho no averiguaba si había novedades. Para seguir esperando necesitaba un continuo esfuerzo de voluntad; que Nélida volviera le parecía increíble, por lo menos si no se distraía de esperarla. Ya había recurrido a los mates y no tenía ahora paciencia para esperar, ni para inventar otras ocupaciones. Desde luego, si iba hasta casa de Jimi, se desentendería de esperarla y, si la mala suerte no se encarnizaba contra él, a la vuelta encontraría a Nélida. Convendría, sin embargo, dejar pasar unos minutos para darle todavía ocasión de volver. Lo mejor sería que la vuelta de la muchacha se produjera mientras él no se hubiera ido, porque se excluían así muchos riesgos, en los que más valía no pensar. Es claro que frecuentemente renuncia uno a lo que desea y se aviene a lo que puede. Lo que él no podía, se explicó a sí mismo, era seguir ahí, sin hacer nada, cavilando. Echó el poncho sobre los hombros, apagó la luz, a tientas empuñó el picaporte, pasó al vestíbulo y cerró con llave la puerta. Sin prisa bajó la escalera de hierro. Se dijo: «Llegó el momento. Me voy». Aunque tenía ganas de volverse, prosiguió su camino por el estrecho corredor. «Esta gente no disimula su curiosidad», pensó, porque lo miraban desde las puertas. «¿Cómo no dejé un papelito, con la indicación *Voy hasta lo de Jimi y vuelvo*?» Con imprevisto resentimiento se dijo: «Así aprenderá». No sabía si este arranque de celos era genuino, si no sería un pretexto para no volver a la casa vacía, donde había estado esperando. No se dejaría llevar por los nervios, como una mujer histérica. Jimi decía que todas las cosas malas pasan porque la gente no domina sus nervios. Para dominarlos, caminó con extrema lentitud. Pensó: «Le doy nuevas oportunidades de volver, que de puro terca no aprovecha». Estuvo un rato en la puerta de calle, indeciso, mirando hacia un lado y otro, menos atento al riesgo de que hubiera muchachones ocultos en la penumbra de los árboles que a una increíble reaparición de la ausente. Se preguntó si la manera más directa de salir de su estúpida agitación no sería buscar a la muchacha en los cafetines donde guitarreaba el tipo ese, el tal Martín. No debía, sin embargo, excluir una posibilidad desagradable: que su llegada la contrariara, que lo viera como a un desorbitado o como a un desconfiado. Empezaría entonces a perder el amor de Nélida: desgracia desde luego inevitable, porque resultaba absurdo que lo quisiera una muchacha tan linda y tan joven. Con esa llegada intempestiva la desengañaría de la equivocación o el capricho de quererlo. Quizá ahí mismo le diría que se fuera, que ella se quedaba con Martín (desde que sabía el nombre, lo aborrecía). Imaginó la situación: su retirada bochornosa, entre la mofa de los parroquianos, mientras en el fondo del local la pareja se abrazaba; escena de final de película, con el castigo del villano (es decir, el viejo), la lógica reunión de los jóvenes, los enfáticos acordes de la orquesta y el aplauso del público. Por Salguero bordeó la plaza Güemes y comentó en voz alta: «La manía de tomar siempre las mismas calles. Me dijeron que en otro tiempo aquí estaba la laguna de Guadalupe». Entre Arenales y Juncal se preguntó: «¿He olvidado a Nélida?». Hasta ese momento quiso olvidarla, porque sentía que su atención expectante le cerraba a la muchacha el camino de vuelta; ahora se arrepentía del olvido, como de un abandono. «¿No le habrá pasado nada? Aquí se levantaba la penitenciaría.» La inconsecuencia de sus pensamientos dejaba ver que estaba un poco desesperado. Tuvo ganas de hablar con Dante, que vivía ahí cerca, por French. «Reconozco», se dijo, «que el pobre Dante no es muy divertido». Desde los últimos sucesos era el afecto, más que la costumbre, lo que unía a cada uno con el grupo. Es verdad que en ocasiones miraba a sus amigos con aprensión, o poco menos, como si fueran adictos a un vicio, la vejez, del que lo salvaba el amor de la muchacha; pero no sabía si contaba con ella. Lo más prudente, como táctica supersticiosa, era darla por perdida. Habría así alguna esperanza de recuperarla, porque si estaba demasiado seguro recibiría su castigo y no volvería a verla. «Y ahora», se dijo en tono de conformidad irónica, «veré en cambio a Dante». Éste vivía en la última casa baja que había quedado en la cuadra, una suerte de sepulcro entre dos edificios altos. No fue a él, sin embargo, a quien primero vio, pues le abrió la puerta «la señora». Así la llamaba Dante, sin que nadie supiera con exactitud si era su criada o su mujer, aunque probablemente cumpliera ambas funciones. Envuelta en telas negras y sueltas, lo escrutaba con ese recelo de animal espantado, que por aquellos tiempos la aparición de todo joven suscitaba en la gente mayor. Vidal comentó: «Por lo visto hay quien no me considera viejo». La piel de la mujer, de tono rojizo, estaba recubierta de pelos negros; también negra era la cabellera, salpicada de mechas grises. En cuanto a las facciones, los años las habían sin duda abultado, de modo que se presentaban, como en otros ancianos, toscas y prominentes. Vidal se preguntó si «esta bruja» habría sido o sería aún (ya que en la intimidad de los hogares ocurren cosas inimaginables) la concubina de su amigo. «Un cuadro tan repulsivo, que lo mejor es desearles una pronta muerte. Es claro que si me toca a mí llegar a esa edad y gozar de tan buen ánimo, por delicadeza no voy a rechazar a ninguna mujer. Todo lo que me pruebe que todavía estoy en la vida, en ese momento se volverá precioso.» Como le cerraban la puerta gritó:

—Soy Isidoro Vidal. Dígale al señor Dante que está Isidro.

Haciendo a un lado a la señora, apareció Dante.

—Aquí me tenés —anunció.

Sonreía satisfecho. Vidal lo encontró de tan mal color —una palidez amarillenta y verdosa— que se preguntó si le parecería más viejo por oposición a la juventud de Nélida. Le preguntó:

—¿Cómo estás?

—Perfecto. Por de pronto, hay una buena noticia: Jimi apareció.

—¿Estás seguro?

—Rey me lo dijo por teléfono, hará cosa de media hora.

—¿Y está bien?

—Perfecto. Estoy hecho un pibe. Mejor que nunca.

—Te pregunto si Jimi está bien. ¿Vamos a verlo?

—Rey me dijo que no fuera sin antes pasar por la panadería. Quiere decirme algo tan grave que tiene que hacerlo personalmente. Con las barbaridades que están sucediendo, no me animaba a largarme solo, pero si querés vamos juntos.

—Vamos a lo de Jimi.

—No, che. Rey me pidió con la mayor formalidad que no vaya sin pasar antes por la panadería.

—Lo malo es que no me sobra el tiempo y tengo ganas de ver también a Jimi —dijo Vidal.

—Yo quiero volver en seguida. Con poco oído y poca vista, de noche me agarran como quieren. No creas que tengo ganas de morir. Así que hacés de cuenta que yo vuelvo a casita cuanto antes.

XXXVI

Sentado a la cabecera, con una hija de cada lado y otra enfrente, Leandro Rey concluía de comer y ofreció a los amigos la hospitalidad de su mesa. Vidal aceptó un cafecito; Dante, nada: el café le provocaba insomnio y toda bebida alcohólica, acidez. Preguntó Vidal:

—¿Soltaron a Jimi?

—En efecto —respondió Rey—, pero aguarda. —Con voz autoritaria se dirigió a las hijas:

—Limpiar esto de migas y dejarnos. Hemos de hablar entre hombres.

Las mujeres lo miraron con furia, pero obedecieron.

—La flauta —ponderó Dante, cuando estuvieron solos—. Y yo que me había formado el concepto de que eran tus hijas las que mandaban.

Rey contestó:

—Antes las dejaba hacer, pero ahora no levantan cabeza. Bueno fuera.

—En circunstancias como las actuales —insinuó Dante—, ¿no resultaría más prudente seguir una política, llamémosla, de colaboracionismo?

Por toda respuesta Rey bramó. Vidal reiteró la pregunta:

—Entonces, ¿lo soltaron a Jimi?

—En la mañana de hoy regresó a la casa.

—Vamos a verlo.

—Por ahora, no. Yo no he de ir.

—¿Por qué?

—Hombre, por casi nada. Corre cierto rumor feo, auténticamente feo.

Vidal contestó:

—¿Qué puede haber hecho para que no quieras verlo? Además che, qué importa. Acordate que Jimi es nuestro amigo.

—Arévalo también lo es —declaró Rey, solemnemente—. O lo era.

—¿Qué ha pasado?

—Parece que Jimi, para que lo soltaran, dijo

a sus captores que Arévalo se juntaba con una menor, e indicó lugar y hora para sorprenderles. Jimi está en su casa y Arévalo en el Hospital Fernández. Como oyes.

—¿De dónde sacás todo eso?

—Antes de la cena, cuando estaba por cerrar, apareció en la panadería tu vecino Faber, que habló con Bogliolo. A este último el sobrino le refirió el asunto con pelos y señales.

—¿Y qué pasó?

—Nada. Si viene tan tarde no hay pan. Le dije que sólo quedaban caseritos.

—¿Qué le pasó a Arévalo?

—Hace tiempo que andaba con esa menor —acotó Dante.

Vidal lo miró, desconcertado. Comentó:

—Siempre soy el último en enterarme. —Después dijo: —Con razón lo notaba limpio y hasta paquete. Ni siquiera tenía caspa.

—Una cáfila de cabrones le aguardaba a la salida del hotel Nilo —contó Rey—. La chiquilla se puso a gritar, desgañitada: ¡Me gustan los viejos! ¡Me gustan los viejos!

—Una provocación. A ésa yo le pego cuatro balazos —declaró Dante, con ferocidad—. Es la única responsable.

—Qué va a ser —opinó Vidal.

—Dante, no digas pamplinas. Por fin oímos de una muchacha leal, dispuesta a morir por sus convicciones, y tú refunfuñas.

—Yo le saco el sombrero —dijo Vidal—.
¿Qué le hicieron a Arévalo?

—Le dejaron por muerto. Les propongo que
pasemos por el Fernández y tratemos de averiguar
cómo sigue.

—Chiquilina comprometedora —murmuró
Dante.

—El tiempo no me sobra —previno Vidal—.
Si vamos yendo, ¿qué les parece?

No bien dicha, la frase le pareció extremadamente mezquina. Desde luego para él nada era
más importante que su obligación con Nélida,
pero, ¿cómo hacerla valer en ese momento? Los
amigos lo hubieran felicitado, hubieran envidia-
do su buena suerte, pero no hubieran aprobado
que la tomara demasiado en serio, que la equipa-
rara con un amigo de toda la vida.

Dante explicó:

—A mí me acompañan hasta casita. La verdad es que yo preferiría. No me hace ninguna
gracia andar por las calles, de noche, en esta época. Lo digo en serio.

XXXVII

Conversando animadamente, Vidal y Rey
traspusieron la puerta de la panadería y dobla-
ron a la izquierda, por Salguero. Dante los miró
con aire compungido, como chico a punto de

llorar. Corrió hacia ellos, tomó de un brazo a Rey, suplicó:

—¿Por qué no me dejan en casa?

—Aparta —contestó Rey, sacudiendo el brazo, para agregar plácidamente—: Preguntaremos por Arévalo.

—No hables tan alto. Vas a llamar la atención. Por favor —dijo Dante.

—Nací en España —explicó Rey—, pero ésta es mi ciudad.

—¿Y qué hay con eso? —dijo Dante.

—¿Cómo, qué hay con eso? Llevo más años en Buenos Aires que estos rapaces, de modo que no me desplazarán de lo que es mío.

—Perfecto —admitió Vidal—. Que te muestres belicoso con la muchachada, perfecto, pero, ¿no tomás a mal un parecer? Por cuentos de Botafogo yo no me pelearía con Jimi.

—Oye, tú: si oigo la palabra *delación* me enfado.

Con alguna elocuencia preguntó Vidal:

—¿Quién te dice que no seas una simple víctima de nuevas tácticas del elemento joven, en este caso el sobrino de Botafogo, para sembrar la disensión y la rencilla entre nosotros?

—Guerra psicológica —arguyó Dante.

—En la opinión de Dante hay visos de verosimilitud —concedió Rey—, pero así como así no he de perdonar a un delator.

Vidal adujo:

—¿Cómo te imaginás que por una promesa en el aire Jimi va a comprometer a un amigo?

—¿Promesa en el aire? —preguntó Rey.

—Por matar a Arévalo no tienen por qué soltar a Jimi.

—Jimi es capaz de todo.

Recelosamente, Dante miró hacia atrás.

—Lo que me alarma —explicó— es el aspecto de la ciudad, igual a siempre, como si no pasara nada.

Vidal comentó:

—Para tranquilizarte necesitarías una batalla.

—Ayer la hubo —aseguró Rey—. Por aquí cerca. Frente al hotel de Vilaseco. Forajidos de la Agrupación Juvenil se lanzaron al asalto. Mi paisano, secundado por el fiel Paco, resistió los embates. Cuando la rendición parecía inevitable, los defensores a puñetes acometieron y salvaron la ciudadela.

XXXVIII

Los tres amigos subieron la escalinata y entraron en el vestíbulo del Hospital Fernández. En la penumbra divisaron algo que de lejos les pareció una escultura, recubierta por una sábana. Rey se apartó unos pasos, para mirar.

—¿Qué es eso? —preguntó Dante.

—Un viejo —contestó Rey.

—¿Un viejo?

—Sí, un viejo, en una camilla.

—¿Qué está haciendo? —insistió Dante, sin acercarse.

—Creo que muere —contestó Rey.

—¿Para qué vinimos? —gimió Dante.

—Todos acabaremos en este u otro hospital —explicó Rey, afectuosamente—. Mejor acostumbrarse.

—Yo estoy cansado —protestó Dante—. Ustedes no se dan cuenta. Me siento muy viejo. La muerte de Néstor, ese ataque, porque sí, en la Chacarita, ahora lo de Arévalo: todo me ha hecho mal. Tengo miedo. Me falta ánimo para resistir.

Se acercaron a un cuarto, con una ventanilla abierta sobre el vestíbulo.

—Quisiéramos preguntar por un señor. Le trajeron anoche —dijo Rey a un empleado—. El señor Arévalo.

—¿Cuándo ingresó?

—Este ambiente no me gusta —declaró Dante, en voz alta.

Vidal pensó: «Pobre diablo. Si le digo que lo dejamos, llora».

—Le trajeron anoche —dijo Rey.

—¿A qué sala?

—Eso no sabemos —contestó Vidal—. Fue víctima de una agresión.

Mientras tanto, Dante se refregaba la dentadura y se olía el dedo.

—¿Qué te pasa? —preguntó Vidal.

—Se te afloja, junta comida y jiede —explicó Dante—. Es verdad que vos también la tenés postiza. Ya verás.

—¿Familiares del accidentado? —preguntó un señor de escasa estatura, calvo, de cabeza redonda (que recordaba esas calabazas huecas, en que se recortan ojos, nariz y boca). En el bolsillo superior del guardapolvo llevaba la inscripción: *Dr. L. Cadelago*, bordada en hilo azul.

—Parientes, no —contestó Vidal—. Amigos. Amigos de toda la vida.

—Tanto da —contestó rápidamente el médico—. Vengan, subamos.

Habló Rey:

—Diga usted, doctor, ¿cómo se encuentra?

El médico se detuvo. Pareció absorto en sus pensamientos y, luego, perturbado por la pregunta. Dante inquirió con ansiedad mal reprimida:

—¿No ha pasado nada malo?

La cara del médico se ensombreció.

—¿Nada malo? No entiendo, ¿qué quiere decir con eso?

—Nuestro amigo Arévalo… ¿no falleció? —balbuceó Dante.

El médico declaró con grave pesadumbre:

—No, señor.

En un murmullo preguntó Vidal:

—¿Su estado es crítico?

El médico sonrió. Los amigos esperaron la buena noticia que los confortara.

—Efectivamente —afirmó el médico—. Es delicado.

—Qué desgracia —comentó Vidal.

Volvió a entristecerse el doctor Cadelago y dijo:

—Hoy disponemos de medios para hacer frente a estas situaciones.

—¿Pero, usted cree, doctor, que va a salvarse? —preguntó Vidal.

El médico explicó:

—En cuanto a eso, ningún profesional consciente de su responsabilidad lo diría nunca… —Agregó en tono ominoso: —Medios para controlar la situación existen. No hay duda de que existen.

De pronto Vidal entrevió el recuerdo de haber encontrado antes al doctor Cadelago, o a otra persona que sonreía porque estaba triste, o tal vez de haber soñado con alguno de esos encuentros.

Detrás del médico, que parecía agobiado, se encaminaron hacia el ascensor. Vidal susurró a Rey:

—No hay manera de entenderse con este tipo.

—¿Cómo ha de haberla si nosotros ignoramos de pe a pa la medicina? Oye, tú, haz de cuenta que vivimos en otro mundo.

—Por suerte.

Pensó: «Uno está seguro en la vida, y aun en

medio de la guerra supone que lo malo ha de ocurrir a los otros; pero basta que un amigo muera (o que nos anuncien que tal vez muera) para que todo se vuelva irreal». El aspecto de las cosas había cambiado, como en el teatro, cuando el iluminador gira un disco de vidrios de colores delante del foco de luz. El mismo doctor Cadelago, con esa discrepancia entre la expresión facial y las palabras, con su cabeza de calabaza hueca, en que se introduce una vela encendida para espantar de noche a los chicos, resultaba fantasmagórico. Vidal sintió que había desembocado en una pesadilla: mejor dicho: que estaba viviendo una pesadilla. «Existe Nélida», se dijo y, en seguida, se reanimó. Recapacitó luego: «Para mí, quién sabe».

Abandonado a su abyección, Dante protestaba:

—Y ahora, ¿hasta cuándo nos quedamos? A mí no me gusta estar aquí. ¿Por qué no nos vamos de una vez?

Vidal pensó: «La verdad que está viejo». El proceso de envejecimiento se había acelerado y ya debía de quedar muy poco del amigo de antes; últimamente se había convertido en otra cosa, una cosa más bien ingrata, que uno seguía tratando por fidelidad al pasado.

Cuando entraron en el ascensor, interrogó el médico:

—¿Todos ustedes cumplieron ya sesenta años?

—Yo no —contestó en el acto Vidal.

Bajaron en el quinto piso. «En cuanto a no

estar a gusto aquí adentro», pensó, «le doy toda la razón a Dante. Si uno se acuerda de la libertad de afuera se acongoja, como si la hubiese perdido irremisiblemente».

<h1 style="text-align:center">XXXIX</h1>

—La sala —anunció el médico.

A los lados del corredor se abrían cuartitos de dos o de cuatro camas, delimitados por tabiques blancos. No bien entraron, Arévalo levantó un brazo. Vidal pensó: «Buen signo», y entonces notó las gruesas rayas oscuras que alteraban las facciones de su amigo. La otra cama estaba desocupada.

—¿Qué pasó? —preguntó Rey.

—Voy a dar una recorrida —dijo el médico—. No me lo exciten. Conversen, pero no me lo exciten.

—Un percance, Rey. Un simple manteo —explicó Arévalo.

Dos marcas le cruzaban la cara. Una, más oscura, que parecía una depresión debajo del pómulo, y otra, de reflejos cárdenos, en la frente. Vidal preguntó:

—¿Cómo estás?

—Un poco dolorido. No solamente en la cara; en los riñones. Me patearon, cuando estaba en el suelo. El médico dice que se produjo una hemorragia interna. Me dio esas pastillas.

El frasco estaba en la mesa de luz, junto a un vaso con agua y un reloj. Vidal se dijo que la máquina del reloj marchaba con particular impaciencia; recordó a Nélida; de algún modo vinculó ese apremiante segundero con la muchacha extrañada y se encontró de improviso muy triste.

—¿Por qué fue? —preguntó Rey.

—Yo creo que hubo premeditación. Me esperaban. Al principio se mostraban indecisos, pero se envalentonaron.

—Como cuzcos —dijo Vidal.

Arévalo sonrió.

—Si no fuera por los desplantes de esa muchacha, a lo mejor no te aporrean —opinó Dante—. Ya se sabe: la mujer provoca. Es la eterna culpable. La eterna chispa.

—No exagerés —dijo Arévalo.

—Dante me recuerda a esos viejos que toman entre ojos al otro sexo —comentó Vidal—. Cuanto más joven es la mujer, más tirria le tienen.

—Lo que es yo, no pongo el sexo en el banquillo de los acusados —declaró Rey—. Pongo a la juventud.

—La juventud no carece de virtudes —replicó Arévalo—. Es la gente desinteresada. ¿La causa? Falta de experiencia, quizá, o de tiempo para aficionarse al dinero.

Vidal observó:

—Tal vez lo desean menos, porque es una de las tantas cosas que todavía esperan.

—En cambio, para los viejos —dijo Arévalo— se convierte en la única pasión.

—¿La única? —preguntó Vidal—. ¿Dónde me dejás la gula, las manías, el egoísmo? ¿Te fijaste cómo cuidan el resto de vidita que les va quedando? ¿La cara de susto idiota que ponen al cruzar la calle?

—Yo no condeno a toda la juventud —aseguró Rey—. Si me traéis a una chicuela, pues hombre, me la como con huesitos y todo, pero si niños cabrones me acometen, menuda defensa pasiva les propino: puños y coces.

—Perfecto, si podés —concedió Arévalo—. Yo sólo atiné a protegerme la cabeza, pero salí mejor parado que mi vecino, el de la otra cama.

—Está vacía —previno Dante.

—Aunque habla sin parar, yo creo que no recobró el conocimiento —Arévalo explicó—. Le dio por contar sueños. Dijo que soñó que era joven y que estaba con amigos, en el Pedigree, de Santa Fe y Serrano, hablando de letras de tango. Hasta mencionó a un mozo Tronget, que propiciaba los temas camperos…

—Lo escuchaste con atención —afirmó Dante.

—¿Habrá sido letrista? —preguntó Vidal.

—Colijo que sí —respondió Arévalo—. No sé cuántas veces mencionó el tango *El cosquilloso*. Debió de ser uno de sus mayores triunfos. El pobre repetía veinte veces lo mismo.

—¿*El cosquilloso*? ¿Hoy quién se acuerda de esa antigualla? —preguntó Dante.

Arévalo continuó:

—Dijo que extrañaba las conversaciones de su juventud. Hasta cualquier hora se quedaban los amigos analizando la teoría de la letra de tango o el enredo del último sainete de Ivo Pelay. Dijo que hoy en día hablaban de hechos concretos, más que nada del precio de las cosas. Me parece que en ese momento estaba lúcido, pero después divagó de nuevo. Cuando empezó a respirar de un modo raro, se lo llevaron.

—¿A dónde? —preguntó Dante.

—A morir solo —contestó Rey.

—Se los llevan a morir solos —explicó Arévalo— para no afectar la moral del desgraciado de la otra cama.

—¿El café donde se reunían sería como el nuestro de la plaza Las Heras? —preguntó Vidal, como si hablara solo.

—No vas a comparar, che —manifestó Arévalo—. Había otro ambiente.

Vidal preguntó:

—¿Cuándo volveremos a nuestros partiditos?

—Pronto —aseguró Arévalo—. El médico me lo decía. Asistimos a los últimos coletazos de un fenómeno que se acaba.

—¿Y si a nosotros nos acaban primero? —preguntó Vidal.

—Todo es posible. Aparentemente nos tienen marcados. En mi caso, al menos, yo creo que hubo premeditación. Me esperaban. Al principio se mostraban indecisos, pero se envalentonaron.

—O éste se repite, o yo no oigo bien… —comentó Dante.

Vidal lo interrumpió:

—Decime, Arévalo, y a tu vecino, ¿qué le había pasado?

—Como ustedes, vino a ver a un amigo y, cuando volvía a su casa, lo agarraron frente a la cochería.

—Quiero irme —gimió Dante—. Por favor, Rey, venite conmigo. Acompañame. Yo estoy muy viejo, créanme, y si pienso en un ataque el miedo me descompone.

Su cara pálida se volvía terrosa. Vidal pensó: «No te descompongas aquí».

—Los empleados de la cochería porfiaban por meterlo en el local —prosiguió Arévalo— pero apareció un vigilante y lo trajo.

—Más práctico hubiera sido que ya le dejaran con los funebreros —opinó Rey.

—Dijiste que se lo llevaron para que muriera solo, ¿dónde? —preguntó Dante.

—Mirá, no sé dónde los llevan. Un enfermero me dijo que los ponen donde se les da la gana. El enfermero es medio jovencito, a lo mejor me cree viejo y me pinta cuadros macabros con la esperanza de asustarme. Me dijo que los ponen en cualquier parte, en el mismo vestíbulo de la planta baja.

—Pobre tipo —comentó Vidal—. Si vive todavía, quién sabe lo que está soñando.

Dante gimió:

—Es el que vimos nosotros. Rey, yo quiero irme.

—Efectivamente, me voy —anunció Rey—. Yo madrugo para vigilar el trabajo en la cuadra y cuando no duermo mis ocho horas, no valgo nada.

—De paso, ¿me dejás en casa? —preguntó Dante, en tono de súplica.

Vidal pensó: «A mí me espera Nélida y aquí me tienen. A estos dos viejos nadie los espera, pero no pueden quedarse un minuto con un amigo enfermo. A uno lo domina el egoísmo y al otro la cobardía. No hay nada peor que la vejez». Recapacitó en seguida: «Que yo me demore con Arévalo, que todavía no haya vuelto a la calle Guatemala, tal vez pruebe que yo también estoy viejo. Sin embargo, sé que voy quedándome para dar tiempo a Nélida, para no volver antes que ella. Llegar a la casa y que Nélida no esté sería horrible».

Reapareció el médico y dijo:

—Por favor, señores, no se vayan todavía. Los voy a retener unos minutos. O, por lo menos, al más joven de ustedes. Para tomarle una simple muestrita de sangre. Por si hubiera que hacer una transfusión al señor. No es nada, un pinchazo, nomás.

El médico encendió una lámpara, se puso a

auscultar a Arévalo. Éste, por encima de la calva inmediata, comentó:

—Ya se te asoman las motas blancas, Dante. Vas a tener que darte otra mano de pintura.

El médico se rascó la cabeza, nerviosamente.

—Si habla —explicó— me hace cosquillas.

Dante protestó:

—No sé lo que me has dicho. Cuando hablás como si te ahogaras no te oigo.

—Estoy con asma —se excusó Arévalo—. Te decía que ya te asoman las motas blancas.

—¿Qué quieren? —preguntó Dante con desconsuelo—. Uno solo no se da cuenta. ¿Quién me tiñe? La otra vez me tiñó el pobre Néstor. Yo solo no soy capaz. Tienen que ayudarme. Es más importante de lo que ustedes piensan.

—No engañás a nadie —opinó Arévalo—. Yo creo que hay que ser un poco fatalista.

—Muy fácil hablar así —replicó Dante— cuando uno está metido en un edificio como éste, que es una verdadera fortaleza. Yo en cambio tengo que irme a casa, en plena noche, y atravesar calles oscuras como boca de lobo.

—Nadie te echa —aseguró Vidal.

El médico dijo:

—Vuelvo en seguida, señores. Por favor, espérenme.

—Vámonos antes de que vuelva —suplicó Dante—. Isidro ya está frito. Lo agarraron con el pretexto de la transfusión. A nosotros no nos necesita para nada. No vamos a tenerlo de la mano. Si nos quedamos, ya verás que inventa algo para atraparnos. Aprovechemos ahora que no está y escapemos. A mí no me gusta estar aquí.

—A quién le va a gustar —dijo Arévalo.

—No creo que nos atrape —admitió Rey— pero ya es tarde, mañana madrugo y nuestra presencia aquí a nadie beneficia. Isidro, como es lógico, ha de quedarse.

—Por supuesto —contestó Vidal—. Y a ustedes les aconsejo que se vayan. No los necesitamos.

Rey abrió la bocaza, pero no habló. Como un chico empecinado, Dante lo tiraba de la manga, lo empujaba hacia la puerta.

—¿Se fueron? —preguntó Arévalo.

—Se fueron.

—Te enojaste.

—Estos dos me tienen un poquito indignado.

—No te enojes. Acordate de lo que siempre repite Jimi: con los años, los órganos de contención fallan. Como otro se haría pis, Dante se entrega al miedo.

—Dante está vencido, ¿pero Rey? Ese pedazo de hombre…

—Hace rato que no se contiene. ¿No te lo representás en el café, estirando la manota hacia los maníes, tembloroso de gula? Como tanto viejo, ha perdido el pudor.

—¿El pudor? Tenés razón. Una vez, en lo de Vilaseco…

—De puro viejo es un egoísta descarado. Ya no disimula. Se interesa por la propia comodidad y pare de contar.

XL

—¿Me hace el obsequio? —preguntó Cadelago. Mientras lo seguía por el pasillo, Vidal comentó:

—Arévalo me decía, doctor, que usted le dijo que esta guerra es un fenómeno que se acaba.

—Créame —respondió el médico, sacudiendo tristemente la cabeza—: el servicio de psiquiatría no da abasto para atender a los jóvenes. Todos acuden por el mismo problema: aprensión de tocar a los viejos. Una verdadera repulsa.

—¿Asco? Me parece natural.

—La mano se niega, señor. Hay un nuevo hecho irrefutable: la identificación de los jóvenes con los viejos. A través de esta guerra entendieron de una manera íntima, dolorosa, que todo viejo es el futuro de algún joven ¡De ellos mismos, tal vez! Otro hecho curioso: invariablemente el joven elabora la siguiente fantasía: matar a un viejo equivale a suicidarse.

—¿No será más bien que la miseria y la fealdad de la víctima vuelven desagradable el crimen?

Pensó: «¿Por qué me intereso? ¿Qué me importa una conversación con un idiota? Me importa la chica que me está esperando».

—Todo niño normal —explicó el doctor, con expresión de júbilo— en algún momento de su desarrollo sale a despanzurrar gatos. ¡Yo también lo hice! Después borramos de nuestra memoria estos juguetes, los eliminamos, los excretamos. La guerra actual pasará sin dejar recuerdo.

Llegaron a un cuartito. Vidal se preguntó: «¿Para no contrariar a este monigote condeno a Nélida a esperarme ansiosamente?». Se calumniaba; no estaba ahí por temor de contrariar a nadie, sino por la posibilidad de ser útil a su amigo Arévalo. ¿O en realidad había venido porque Rey insistió y ahora daba la sangre porque el médico la pedía? Para todo podía uno encontrar infinidad de explicaciones, como lo demostraba la doctora de Isidorito.

—Después, ¿me retiro, doctor?

—No hay el menor inconveniente. Tras un compás de espera. Me descansa unos minutitos, perfectamente cómodo, en la camilla. ¿Quién nos corre?

—Me están esperando, doctor.

—Felicitaciones. No todos pueden decir lo mismo.

—Unos minutos, doctor, ¿cuántos?

—La mujer y el niño no contienen la impaciencia, pero los hombres hemos aprendido a esperar. Aunque no haya absolutamente nada al cabo de la espera, esperamos.

—La flauta —dijo Vidal.

—Perfecto —aseguró el médico—. Un simple pinchazo. A ver, no me mueva el bracito. Se me toma después un buen café con leche, un jugo de frutas y queda como nuevo. Hay que reponer líquidos.

Vidal pensó: «No dudo de que Nélida está en la calle Guatemala, pero, ¿si ni siquiera ha vuelto?».

Por intolerable, descartó la idea.

—¿Listo? —preguntó Vidal.

—Ahora me cierra los ojos y me descansa hasta que le avise —contestó Cadelago.

¿Por qué no mandaba al diablo a este individuo y se iba en el acto? Estaba cansado, un poco vencido y no se resolvía a rechazar postergaciones que se presentaban, una tras otra, como últimas y muy breves. De esa manera, la visita al hospital se había prolongado, se había convertido en una pesadilla, con inagotables reservas y refinamientos de angustia. Que por fin durmió y soñó parece evidente, pues creyó ver a un grupo de jóvenes —reconoció entre ellos a matadores del diarero— que en lo alto de una tarima formaban un tribunal sin duda amenazador, desde donde lo llamaban.

—¿Qué pasa? —preguntó.

—Nada —contestó en tono de aflicción el doctor Cadelago—. Le devuelvo su libertad.

Regresó a la sala, para despedirse de Arévalo.

XLI

Había supuesto que una vez afuera, rumbo a la calle Guatemala, sentiría una gran exultación. En su impaciencia, había confundido ese momento con otro, más lejano en el tiempo, mucho más deseable: el de su reunión con Nélida. No bien cruzó el portón del hospital comprendió que tal encuentro, aunque posible, no era seguro y notó que estaba triste. Quizá para ahorrarse un desengaño, anticipadamente se deprimía. Por Salguero dobló hacia Las Heras. ¿Por qué atar a Nélida a un animal moribundo? Ninguno de los dos ganaría nada: a ella la esperaba una desilusión, que él podía prever, pero no evitar… Rey y Dante lo habían asqueado de la vejez. Le pareció que su afecto por esos amigos ya no era el mismo. Tampoco ellos eran los mismos. «Todo se vuelve relativo con el tiempo. Más que nada, las personas.» Recordaba, en imágenes vívidas, que propendían a la desaparición, un estrado de justicia en que un fiscal, borracho de cólera, lo acusaba de estar viejo. El recuerdo, que provenía de su corto sueño después de la transfusión, ahora lo entristecía. No había quedado como nuevo, sino bastante débil, y creía que para esa tristeza no encontraría remedio en el jugo de frutas aconsejado por el doctor. La vejez era una pena sin salida, que no permitía deseos ni ambiciones. ¿De dónde sacar ilusión para hacer planes, ya que una vez logrados no estará uno para gozarlos o estará a medias? ¿Para qué seguir caminando hacia la calle Guatemala? Más le valía volver a su casa. Por desgracia Nélida lo buscaría y le pediría una explicación. La gente joven no entiende hasta qué punto la falta de futuro elimina al viejo de todas las cosas que en la vida son importantes. «La enfermedad no es el enfermo», pensó, «pero el viejo es la vejez y no tiene otra salida que la muerte». La intuición de su total desesperanza imprevisiblemente lo alentó. Apuró el paso, para llegar pronto a casa de Nélida, para llegar antes de que esa convicción, como el recuerdo del sueño, se disolviera; precisamente, porque la quería tanto, la convencería de que el amor por un viejo como él era ilusorio.

Oyó una explosión, quizá una bomba que había estallado quién sabe dónde, por ahí cerca. Después retumbaron otras dos. Hacia el Retiro, en rápida expansión desde abajo, el cielo se volvía colorado.

XLII

Encendió la luz, miró a su alrededor, se asomó al dormitorio, recorrió con precipitación el resto de la casa. Probablemente se trataba de una broma; no bien se descuidara, Nélida surgiría de cualquier parte, para abrazarlo. Muy pronto comprendió, sin embargo, que tal vez debía resignarse a la posibilidad, cuya verosimilitud aumentaba por instantes, de que la muchacha no hubiera vuelto. La situación (se dijo) no era demasiado dramática; estaba seguro de que un día, a lo mejor cercano, ni se acordaría de esta angustia (si tenía suerte con Nélida), pero actualmente, por motivos que aceptaba sin entender, le resultaba insufrible. Anunció: «No la voy a dejar con ese músico de cafetines».

Salió de la casa, caminó por Guatemala hacia el norte, dispuesto a buscar a Nélida, a recuperarla. Ya no sentía el desánimo de un rato antes, ni el cansancio, ni la derrota, ni la vejez.

Levantó una mano, porque vio un taxi, y la agitó con movimientos enérgicos, para detenerlo. Cuando entró en el coche, ordenó:

—Lléveme hasta la calle Thames. Voy a un lugar que se llama el Salón Maguenta. ¿Lo conoce?

Con un vivo arrancón, el automóvil emprendió una marcha bastante rápida; cayó Vidal en el fondo del asiento y el conductor dijo:

—Sí, señor, un baile. Hace bien, hay que salir a divertirse, ahora que la guerra está en las últimas.

—¿Le parece? —preguntó Vidal y recapacitó: «¿Cómo no me fijé? Es joven». En seguida se representó a sí mismo, abandonado en San Pedrito, se vio en el momento de incorporarse en el empedrado, contuso por el golpe, al caer del taxi, y en términos casi audibles articuló la queja: «Si tengo que empezar desde allá, todo se me atrasa». Comentó imparcialmente—: Hace rato que está en las últimas —e irritado por sus propias palabras, prosiguió—: Yo perdí un amigo. Un amigo de siempre. Una persona como hay pocas. Quisiera que me explicaran qué ganaron el mundo y los criminales con esa muerte.

Cuando vio que avanzaban por Güemes, en dirección al Pacífico, se dijo que no había nada que temer.

—Comprendo lo que siente, señor —respondió el chofer—, pero con el debido respeto opino que usted no encara debidamente el asunto.

—¿Por qué?

—Porque si la gente pusiera en un platillo los resultados buenos y en otro la destrucción y el dolor, es decir, los malos, nunca habría una guerra ni una revolución.

—Pero como somos de fierro, el dolor no importa —replicó Vidal y pensó: «Ha de ser uno de esos estudiantes que trabajan para ayudarse»—. Le digo más. No creo en los buenos resultados de esta guerra.

—Le doy la razón.

—¿Entonces?

—No la juzgue por los resultados. Es una protesta.

—Yo le pregunto qué hizo mi amigo Néstor.

—Nada, señor. Pero ni a usted ni a mí nos gusta cómo andan las cosas. También están los responsables.

—¿Quiénes son?

—Los que inventaron este mundo.

—¿Qué tienen qué ver los viejos?

—Representan el pasado. Los jóvenes no salen a matar a los próceres, a los grandes hombres de la historia, por la muy buena razón de que están muertos.

En el énfasis que puso en la palabra *muertos*, Vidal sintió la hostilidad. Pensó: «No voy a rechazar el razonamiento porque venga de un enemigo». Se disgustó: en lugar de poner toda su voluntad y energía en la busca, ya estaba otra vez interesándose en conversaciones que no le importaban. Si no recuperaba a Nélida —ahora lo entendía claramente— la vida se le había acabado.

XLIII

El Salón Maguenta —espacioso, de estilo más o menos egipcio y de coloración decididamente ocre— ese martes a la noche se hallaba casi vacío. Amplificadores amarillos, atados con alambre, difundían una música por momentos dulce, por momentos ansiosa, que se repetía en obstinadas variaciones. En la enorme pista bailaba una sola pareja; el resto de la concurrencia, tres o cuatro personas, estaba diseminada por las mesitas. Cuando llegó al bar, Vidal sabía que Nélida no se encontraba en el salón. El hombre del bar conversaba con un gordo, que posiblemente fuera empleado de la casa o tal vez el patrón. Siguieron esos dos la charla, sin advertir la llegada ni la actitud expectante de Vidal. «Hay gente así, de mentalidad poco ágil, que sólo nota lo que tiene delante, como si llevara anteojeras», pensó Vidal y sintió un impulso de cólera, pero recordó que no podía permitirse tales lujos: para dar con Nélida iba a necesitar la buena voluntad de todos. Por de pronto de los dos que ahí seguían hablando, imperturbablemente.

—Y con el conjunto *La Tradición*, ¿arreglaste algo?

—Como te dije.

—¿No chillaron?

—¿Por qué van a chillar los mequetrefes? Deberían pagarnos para que los dejemos tocar. ¿Vos te das cuenta, como promoción, lo que significa?

—Pero mientras tanto, viejo, ¿de qué viven?

—Nosotros también tenemos que vivir, y por eso estamos acá, sudando con bandeja y clientes, y no meta guitarra, que al fin y al cabo es lo que a ellos les gusta.

Hubo un silencio, que Vidal aprovechó para preguntar:

—Señores, ¿aquí toca un trío que se llama *Los Porteñitos*?

—El sábado, el domingo y los días de fiesta.

—¿Hoy no?

—Hoy no. Para estos náufragos —explicó el

del bar y con un vago ademán señaló la sala— ¿no pretenderá que montemos una orquesta?

El gordo, ya dispuesto a olvidar a Vidal, comentó:

—A esos *Porteñitos* habría también que apretarles las clavijas. Los artistas, o lo que sean, no deben ganar demasiado. Por ellos mismos. Para que no se echen a perder.

—¿Ustedes no conocen —preguntó Vidal— a una muchacha que se llama Nélida?

—¿Cómo es?

—De estatura mediana y de cabello castaño.

—Igual a todas —comentó el del bar.

—Se llama Nélida —insistió Vidal.

—Yo conozco a una Nelly, pero es rubia —dijo el gordo—. Trabaja en la panadería.

El del bar protestó:

—¿Cómo supone, mi buen señor, que voy a fijarme en cada una y en todas las mujeres que pasan por aquí? Ya estaría tuberculoso. Créame, un elemento más bien parejo: morenas, de cabello negro. Todas de tierra adentro. La provincia en Buenos Aires.

Si no porfiaba, no la encontraría nunca. Fingiendo despreocupación, pidió:

—Hagan memoria, señores. Apostaría que la conocen.

—No la ubico.

Insistió una vez más, articulando rápidamente, como si las palabras lo quemaran:

—Fue novia de un tal Martín, de *Los Porteñitos*.

—Martín —repitió ponderosamente el gordo—. Con ése tenés que hablar.

El del bar aseguró:

—Perdé cuidado. El mismo sábado.

—¿Dónde queda La Esquinita? —preguntó Vidal.

No lo escuchaban.

—Ahí nomás —concedió por fin el gordo—. A la vuelta.

XLIV

La Esquinita era un lugar claro, de paredes blanqueadas. Vidal echó una ojeada desde la puerta: había un solo parroquiano, un hombre flaquísimo, que soplaba la taza que sostenía entre las manos. «Aquí no pregunto nada», dijo Vidal y se alejó por Güemes.

Se bajaba a FOB por una escalera de caracol, bastante angosta. Aquello parecía una carbonera: un cuartito minúsculo y, sobre todo, oscuro. Si Nélida estaba ahí, tenía tiempo de irse antes de que él acostumbrara los ojos a la penumbra. ¿Por qué atribuir a Nélida una voluntad opuesta a la suya? La chica lo había tratado siempre generosamente, pero tal vez porque estaba un poco desesperado temía que el amor fuera un sentimiento esencialmente inseguro, que podía volverse en contra de individuos imbéciles como él, incapaces de dominar los nervios, de quedarse en casa y esperar, como estaba convenido… Por si acaso, más le valía no cambiar de sitio hasta acostumbrarse a la oscuridad. Seguía con la mano izquierda apoyada en la baranda de la escalera; procuraba discernir las caras de los asistentes y se decía: «Ojalá que no llame la atención. Que no vengan a ofrecerme una mesa». Sin duda estaba perturbado: cuando una mano se apoyó en la suya, el corazón le palpitó fuertemente. Del otro lado de la baranda lo miraba, casi invisible, una mujer. Pensó: «Mientras los ojos no se acostumbren a la oscuridad, puede ser cualquiera. Lo más probable es que sea Nélida. Ojalá que sea Nélida». Era Tuna.

—¿Qué estás haciendo? —dijo Tuna—. ¿No te sentás conmigo?

La siguió. Ahora veía, como si la oscuridad se hubiera disipado.

—¿Qué toman? —inquirió el mozo.

—¿Te importa? —dijo Tuna—. Si no pedimos algo, rezongan. Dentro de un rato salimos.

—Pedí lo que quieras.

Estaba seguro de que Nélida no estaba ahí. Se preguntó si ahora diría o no la verdad y, antes de resolverse, explicó:

—Ando buscando a una amiga que se llama Nélida.

—Dejate de embromar.

—¿Por qué?

—Por todo. Primero por la pesadez y después...

—No entiendo.

—¿Cómo no entiendo? Un momento de ofuscación y te arrepentís el resto de la vida.

—No estoy loco, che.

—Perfectamente. Pero un hombre no se presta a situaciones que son un verdadero compromiso. Llegás, como decís, con la santa intención, pero da la casualidad de que la encontrás en brazos del otro y perdés la cabeza. Puede suceder.

—No creo.

—No creo, no creo. ¿Por qué? ¿Porque es una santa? Si preguntás por ella, ni el más desgraciado te dirá que la vio, aunque termine de irse.

—¿Y si uno la busca porque la quiere?

—¿Cómo el que garabateaba *Angélica siempre te busco* en las paredes del hotel de Vilaseco? Mirá, la gente está escamada, evita complicaciones y todo el mundo apoya al que se desbanda.

—Yo tengo que hablar con una muchacha que se llama Nélida, o si no con un tal Martín.

—Dejalos que se diviertan juntos y venite al hotelito de la otra cuadra. Te dan todas las comodidades. Hasta música funcional.

—No puedo, Tuna.

—Hoy en día no conviene ofender a una mujer joven.

—Yo no quiero ofenderte.

Tuna sonrió. La palmeó en el brazo, pagó y se fue.

XLV

Se dijo que iría cuanto antes a la calle Guatemala. Para confirmar la decisión agregó: «Tal vez está esperándome». Imaginó entonces las habitaciones vacías y determinó que pasaría primero por el inquilinato, para preguntarle a Antonia qué sabía de Nélida. Aunque estuvo con ella apenas unas horas, ya se había acostumbrado a la dicha de vivir juntos. Ahora la calle Güemes, por donde emprendía la vuelta, se alargaba anormalmente; la vereda bajo los pies resultaba demasiado dura y las cornisas y los adornos de los frentes infundían tristeza. Pensar en Nélida era un talismán contra el desaliento, pero también era el temor de haberla perdido. Para interrumpir esta última cavilación, recordó a Tuna y sin proponérselo entendió la conducta de Rey cuando lo llevó con embustes al hotel de citas; los chicos y los viejos alardean de mujeres (porque *ya* o porque *todavía* las consiguen). Desde luego, Rey trató de complicarlo en la pantomima de Tuna, para que después no se burlara. Quizá una de las pocas enseñanzas de la vida fuera que nadie debe romper una vieja amistad porque sorprenda una debilidad o una miseria en el amigo. En el conventillo descubrió que toda persona, en la intimidad, es repulsivamente débil, pero también, por los compromisos de vivir y morir, valiente. Asimismo pensó que el destino era imparcialmente desigual y que él no debía sentir soberbia, sino tan sólo gratitud, porque le hubiera tocado en suerte Nélida, en lugar de Tuna.

Para no perder tiempo, ni se asomaría a su cuarto. Si lo veía, Isidorito lo retendría con preguntas —dónde había estado, por qué no se quedaba— y no sería extraño que acabaran peleados. «El amor en el propio padre, ¿a quién no enoja? Corriendo como un chiquilín detrás de una mujer. Claro que Nélida es muy distinta. A lo mejor el pobre muchacho está inquieto, pensando que me ha pasado algo malo. Aunque esa nueva manía de aborrecer a los mayores tal vez lo trastornó. Las otras noches, cuando me escondió en el altillo, tendría toda la intención de protegerme, pero me trató con una desconsideración que no tolero.»

Cuando llegaba al inquilinato calló, por temor de que algún conocido lo oyera. Sigilosamente abrió la puerta y entró. Tal vez porque entró como un ladrón, o porque había vivido un día en casa de Nélida, o porque él mismo estaba cambiado, creyó notar un cambio en el aspecto del patio. Le pareció triste, como los frentes de las casas, un rato antes. Todas las casas le recordaban otras, vistas no sabía dónde, de mampostería recargada y melancólica; debió de verlas en un sueño.

Cruzó el primer patio, golpeó en una puerta, aguardó. De pronto advirtió que adentro una voz ahogada repetía: «Aquí mando yo, aquí mando yo, aquí mando yo». Estaba tan perturbado que por error había llamado a la puerta de doña Dalmacia. Ahora llamó a la de Antonia. Pensó rápidamente: «Si no la vio a Nélida, va a creer que estamos peleados, por más que le asegure lo contrario. Si la vio, va a darme malas noticias». No tenía fuerzas para recibir malas noticias de Nélida.

—Uy, sos vos. Perdoname que salga con esta facha —se excusó Antonia, alisándose el vestido—. Acababa de meterme en cama. Qué suerte que apareciste. ¿La encontraste?

Vidal interpretó como signo favorable la circunstancia de que Antonia lo tuteara. Se dijo: «Me tutea, porque tutea a Nélida y ahora yo soy parte de Nélida».

—No, no la encontré.

—¿No me digas? A esta hora la pobre chica ha de estar medio loca. Te buscó en casa del panadero, en casa de todos esos viejos locos, amigos tuyos. Hasta fue a lo del finado y al hospital.

—Ya no sé dónde buscarla.

—Y mientras tanto has revolucionado la casa y todo el mundo te busca a vos. Isidorito —mirá que a ése no se le mueve un pelo por nadie— empezó a preocuparse y salió a ver si te encontraba.

—¿La acompañó a Nélida?

—No, cada cual por su lado. Yo creo que se fue a uno de los *garages* de Eladio —no al de

Billinghurst, sino al de Azcuénaga, ¿sabés?, frente a la Recoleta— que el gallego utiliza como aguantadero de viejos.

—Qué barbaridad, esa chica sola por las calles.

—Sabe cuidarse, che.

—Ojalá que por mi culpa no le pase nada.

—Te hubieras quedado en la casa, como te dijo.

XLVI

Al doblar por Vicente López divisó las cúpulas y los ángeles que asoman por arriba del paredón de la Recoleta y con desagrado descubrió que esa noche todas las casas le parecían bóvedas. El paredón, hacia Guido, estaba roto como si hubiera reventado. En la calle había cascotes, tierra desparramada, maderas, fragmentos de cruces y de estatuas. Un señor bajo, extremadamente blanco, fofo y cabezón, que apenas retenía por la correa a un perrito tembloroso, le habló.

—La bar-barie —dijo, con voz no menos temblorosa que el perrito—. ¿Oyó las bombas? La primera estalló en el propio Asilo de Ancianos. La segunda, vea lo que ha hecho. Suponga, mi señor, que hubiéramos adelantado nuestro paseo. Hágase cargo.

El perrito husmeaba frenéticamente. De pronto Vidal imaginó que toda la tristeza del cementerio desbordaba por esa abertura y que él la absorbía por los sentidos; tuvo que cerrar los ojos, como si fuera a desmayarse. Reflexionó que esa tristeza debía de corresponder a una gran desgracia. «Pero», se dijo, «lo raro es que la desgracia no ha sucedido». Recordó a Nélida y pidió: «Que no le suceda nada».

Contra la vereda había un camión colorado, adornado con dibujos blancos. Vidal pasó de largo, entró en el *garage*, buscó a Eladio o al peón, leyó el letrero *Prohibida la entrada a toda persona ajena al garage*, olvidó lo que había leído, porque estaba tan cansado que olvidaba todo, como si pensara soñando. Contra los automóviles alineados en el fondo apareció una figura con los brazos en alto. Distraídamente oyó que lo llamaban:

—¡Viejo!

Por un instante interpretó ese llamado como una acusación, pero en seguida reconoció la voz de su hijo. Vio al muchacho, con los brazos en alto, corriendo hacia él. «Contento de verme. Qué raro», comentó sin ironía y también sin la menor sospecha de que muy pronto se arrepentiría del comentario. Hubo una alteración en las imágenes. Vio la desaforada mole, oyó el alarido, oyó los vidrios y los hierros que seguían cayendo interminablemente. Después, en un instante de absoluto silencio —quizá el encontronazo paró el motor— entendió por fin: contra los automóviles del fondo, el camión había atropellado a Isidorito. Los hechos en ese punto se confundían, como si lo hubieran emborrachado. Las escenas mantenían la vividez, pero estaban barajadas en cualquier orden. Su atención desesperadamente se dirigía hacia una especie de arlequín reclinado contra un automóvil. El camión retrocedía despacio, con mucho cuidado. Vidal notó que le hablaban. El camionero le explicaba con una sonrisa casi afable:

—Un traidor menos.

Si le hablaban, pensó Vidal, no oiría los lamentos ni la respiración de su hijo. Ahora lo abrazaba un extraño que decía:

—No mirar —Vidal reconoció la voz de Eladio—. Y armarse de coraje.

Por encima de un hombro vio en el piso verduras caídas del camión y cristales rotos y una mancha de sangre.

XLVII

Pocos días después

En un banco de la plaza Las Heras los amigos tomaban sol. Dante comentó:

—Ya no tienen miedo de mostrarse, ¿viste?

—Así es —contestó Jimi—. La plaza es un hervidero de viejos. No diré que está más linda, pero uno vive tranquilo.

—Yo encuentro que la gente joven se muestra

más atenta y considerada —manifestó Arévalo—. Como si…

—Qué desagradable si les diera por atacarnos —observó Dante.

—¿Saben lo que me decía un muchacho? —preguntó Jimi—. Que esta guerra era un movimiento que fallaba por la base.

—Si hablás mirando para el otro lado, no te oigo —previno Dante.

Jimi continuó:

—¿A que no saben por qué fallaba por la base? Porque era una guerra necesaria y la humanidad es idiota.

—Idiotas fueron siempre los jóvenes —declaró Rey—. ¿O hemos de suponer que hay una sabiduría en el inexperto, que luego se pierde?

—Sabiduría, no; integridad —opinó Arévalo—. La juventud no carece de virtudes. Por falta de tiempo, o experiencia, no le tomó el gusto al dinero…

Rey sentenció:

—Una guerra idiota, en un mundo idiota. El más negado te acusa de viejo y te suprime.

—Si hablás como si tuvieras la boca llena no te entiendo —protestó con irritación Dante.

Vidal estaba sentado al lado de este último, en el extremo del banco. Pensó: «Dante no oye y los otros están interesados en la conversación. Yo me escapo». Giró sobre sí mismo, se incorporó, se deslizó a través del cantero, cruzó la calle. «No sé

qué tengo, pero no los aguanto. No aguanto
nada. Ahora, ¿dónde voy?», preguntó, como si le
quedara una alternativa. ¿Por no apartarse de estos compañeros no se iba a vivir con la muchacha?
La muerte de Isidorito lo había desequilibrado, le
había quitado el ánimo para todo.

Notó que un chico lo miraba con asombro.

—No te asustés —le dijo—. No estoy loco;
estoy viejo y hablo solo.

Cuando entró en su cuarto pensó que únicamente al lado de Nélida la vida era tolerable.
Sacaría del baúl una porción de cosas inútiles,
reliquias poco atrayentes que había guardado
por ser recuerdos de otros tiempos, de sus padres, de la infancia, de los primeros amores, y las
quemaría sin lástima y no guardaría sino la mejor ropa (allá no se presentaría sino con lo mejor) y se mudaría definitivamente a la calle Guatemala. Con Nélida empezaría una vida nueva,
sin recuerdos, que estarían fuera de lugar. Sólo
entonces vio el aparato de radio. Comentó: «Así
que por fin se acordó Isidorito». Al mencionar el
nombre de su hijo quedó absorto, como si des-
cubriera algo incomprensible. Golpearon a la
puerta. Tuvo un sobresalto, quizá por el temor o
la esperanza de que fuera quién sabe quién; era
Antonia.

—¿Vas a ir? —preguntó Antonia—. Vos no lo
creerás, pero todavía te espera. ¿De dónde sacará
paciencia?

—No he decidido nada —contestó con veracidad.

—¿Te digo lo que pienso? Parecés un chico haciéndose el interesante.

—La segunda infancia.

—Hablarte es perder el tiempo. Voy a dar una vuelta —hizo una pausa y agregó—: Con mi novio.

Cuando quedó solo pensó: «Esos dos, tío y sobrino, tienen bastante culpa. ¿Qué voy a hacer con ellos? Nada». Cambiando de tema, continuó: «Para gente como nosotros, la solución es una mujer como Tuna. No crean que la muerte de Isidorito —se mordió los labios y, porque la había empezado, continuó la frase, ya un poco aturdido— me ha vuelto pesimista; ahora veo las cosas como son. Por un tiempo, el hombre es libre de hacer lo que guste, pero cuando está pisando los límites que le impone la vida, de nada le vale afirmar que va a ser feliz porque tiene la suerte de que lo quieran». Rencorosamente imaginó el amor como lo parodiaba un borracho casi afónico del viejo almacén de Bulnes y Paraguay: exageración de jovencito amanerado. Se acordó de los últimos días de su padre. Aunque no se apartaba del borde de la cama, sentía que su padre estaba solo, fuera de alcance. Nada podía hacer por su bien, salvo engañarlo, de vez en cuando… Ahora el turno de irse le tocaba a él, y si volvía a la calle Guatemala tendría que engañar a Nélida y decirle que todo seguiría igual, que eran felices, que nada malo podría pasarles, porque se querían. Nuevamente se mordió los labios, porque dijo: «Tenía razón la doctora de Isidorito: hay que ver las cosas como son». Encendió el gas y puso a calentar el agua para el mate.

XLVIII

Aprovechó para afeitarse el agua que sobró de los mates. Con aplicada lentitud, como si esa acción fuera una prueba, un examen que debía pasar, se afeitó minuciosamente. Después de sacarse con la toalla los restos de jabón, deslizó por su cara una mano inquisitiva y quedó satisfecho. Se cambió de ropa, ordenó un poco el cuarto, se echó el poncho sobre los hombros, apagó la luz, recogió un llavero y salió.

Caminó con pasos rápidos, atento sólo al trayecto. Como si quisiera distraerlo, la calle le deparó muy pronto una sorpresa. En efecto, al doblar en Salguero se encontró con Antonia y su novio, pero éste ya no era el sobrino de Bogliolo, sino Faber.

—¿No me felicita? —preguntó el viejo, con voz de cornetín y sonrisa mojada.

—A los dos —contestó sin detenerse Vidal y se dijo que la circunstancia de que la pareja fuera, o no, una vergüenza, lo dejaba sin cuidado.

Ya estaba llegando, cuando unos chiquilines

que saltaban en un pie, en la vereda, le salieron al paso.

—No se vaya, señor —le dijeron—. Estamos jugando a los corresponsales de guerra. Le pedimos sus impresiones sobre esta paz.

—¿Y por qué andan en un pie?

—Estamos heridos. ¿Nos da sus impresiones?

—No tengo tiempo.

—¿Lo esperamos?

—Espérenme.

Empujó el portoncito de fierro, cruzó el jardín, entró en la casa, corrió escaleras arriba. Cuando lo vio, Nélida abrió los brazos.

—¡Por fin! —exclamó y soltó el llanto—. ¿Por qué no venías? ¿Por lo que pasó? ¡Qué desgracia, mi querido! ¿No me necesitabas? Yo, si estoy triste, quiero tenerte a mi lado. ¿Sufriste mucho? ¿Ya no me querías? Yo te quiero, ¿sabés? Te quiero, te quiero…

Nélida siguió exclamando, protestando, gimiendo, preguntando, como si nunca fuera a callar, hasta que Vidal la empuñó firmemente, la empujó hacia adentro, la reclinó sobre la cama.

—La puerta está abierta —murmuró Nélida.

Vidal contestó:

—La cerramos después.

XLIX

—Ahora voy a cerrar la puerta —anunció Nélida—. ¿A que no adivinás lo que estoy pensando?
Ojalá que nos hayan visto, así saben cómo me
querés.

—Tengo hambre —dijo Vidal.

—Me abrazabas como si fueras a comerme.
Voy a preparar la cena. Mientras tanto echate un
sueñito.

Probablemente Vidal no oyó la última frase
porque se durmió en seguida. Como en los cuentos, al despertar lo esperaba el festín: mesa tendi-
da con mantel y servilletas, dos platos, postre,
vino tinto. Viéndolo comer, Nélida exclamó:

—Estás desconocido.

—¿Qué tengo?

—No sé, hoy te encuentro tan bien dispuesto
para cualquier cosa.

—¿Te desagrada?

—Al contrario. Es como si por primera vez
estuvieras todo aquí, conmigo. Ahora me parece que puedo contar con vos —no bien afirmó
esto, Nélida se alarmó—. ¿Te vas a quedar, no
es verdad?

Vidal contestó:

—No. Ahora tengo que hacer.

—¿Vas a volver esta noche?

—Si puedo, sí.

La besó. Nélida le dijo:

—Llevá el poncho, que ha refrescado.

En lugar de los chicos, a la salida encontró un grupo de muchachones distribuidos en dos filas, contra las casas y en el cordón de la vereda. Mientras pasaba por el medio, uno canturreó:

—*Cómo se pianta la vida del muchacho calavera.*

—Les prevengo que todo eso ya se acabó —dijo Vidal y siguió de largo.

En el café de la plaza Las Heras los amigos lo recibieron con aplausos.

—Eladio reemplaza a Néstor —explicó Dante.

El mismo Jimi admitió que esa noche Vidal jugó bien. Por lo demás, Jimi se mostró astuto como siempre, Rey angurriento de aceitunas y maníes, Arévalo irónico, Dante lento y sordo: de modo que todo estaba en orden, y cuando Eladio dijo que el hombre se hallaba a gusto en reuniones como ésa, manifestó el sentir general. Sin embargo, como el bando de Vidal ganaba todos los partidos, los perdedores no tardaron en quejarse de la suerte que tienen algunos. Jugaron hasta muy altas horas. Después Rey preguntó:

—Isidro, ¿dónde vas?

—No sé —contestó Vidal y resueltamente se alejó en la noche, porque deseaba volver solo.